Dieses Buch gehört:

Foto: © cbj, München

Enid Blyton, 1897 in London geboren, begann im Alter von 14 Jahren, Gedichte zu schreiben. Bis zu ihrem Tod im Jahre 1968 verfasste sie über 700 Bücher und mehr als 10 000 Kurzgeschichten. Bis heute gehört Enid Blyton zu den meistgelesenen Kinderbuchautoren der Welt. Ihre Bücher wurden in über 40 Sprachen übersetzt.

Von Enid Blyton ist bei cbj folgende Serie erschienen:

»Fünf Freunde« (66 Bände)

Enid Blyton™

Fünf Freunde

retten die Felseninsel

Illustriert von Silvia Christoph

cbj

cbj ist der Kinder- und Jugendbuchverlag
in der Verlagsgruppe Random House

MIX
Papier aus verantwortungsvollen Quellen
FSC® C014496

Verlagsgruppe Random House FSC-DEU-0100
Das für dieses Buch verwendete FSC®-zertifizierte Papier
Holmen Book Cream liefert Holmen Paper, Hallstavik, Schweden.

Gesetzt nach den Regeln der Rechtschreibreform.

1. Auflage Sonderausgabe 2012

Ein neues Abenteuer der von Enid Blyton
erfundenen Figuren »Fünf Freunde«.
Diese Geschichte wurde von Sarah Bosse geschrieben.

Lektorat: Sibylle Hentschke
Umschlagabbildung und Innenillustrationen: Silvia Christoph
Umschlaggestaltung: Atelier Langenfass, Ismaning
SaS · Herstellung: AnG
Satz: Uhl + Massopust, Aalen
Druck: GGP Media GmbH, Pößneck
ISBN 978-3-570-15588-2
Printed in Germany

www.cbj-verlag.de

Wiedersehen im Felsenhaus

»So ein Jammer!«, rief Anne und warf einen besorgten Blick zum Himmel, wo sich dichte Regenwolken auftürmten. »Nun sind wir endlich wieder zu Besuch im Felsenhaus und können noch nicht einmal baden gehen!«

»Keine Sorge!« Georg feuchtete ihren Zeigefinger mit der Zunge an und hielt ihn in die Luft. »Der Wind kommt von Westen und ist stark genug. Er wird die Regenwolken bald fortpusten. Morgen ist das Wetter wieder schön.«

Anne bewunderte ihre Kusine für diesen Optimismus. Andererseits hatte Georg mit ihren Wetterprognosen meistens Recht, und so hoffte sie, dass es auch dieses Mal stimmte. Wie froh war Georg gewesen, dass sie doch noch zum Felsenhaus reisen konnten. Zunächst hatten sie ein paar Tage bei Anne und ihren Brüdern zu Hause verbracht, denn Georgs Mutter war krank gewesen und konnte die Kinder nicht betreuen. Doch nun war sie wieder gesund und den Ferien im Felsenhaus stand nichts mehr im Wege.

Georg ruderte mit den Armen und winkte Richard und Julius zu, die ein Stück weiter unten am Strand auf einem Felsen standen. Tim, Georgs Hund, war bei ihnen und hielt die Schnauze in den Wind.

Richard rief etwas, doch der Wind trug seine Worte fort, sodass die Mädchen nichts verstehen konnten.

Georg nahm Anne bei der Hand. »Komm, wir laufen rüber.«

Anne hielt sich beim Laufen die Haare zurück, denn der Wind wehte sie ihr ständig ins Gesicht. Zu blöd, dass ich vergessen habe, die Haare mit einem Gummiband zusammenzubinden!, dachte sie.

»Was hast du eben gesagt?«, fragte Georg mit rosig roten Wangen, als sie die beiden Jungen erreicht hatten.

»Ich habe gesagt: Wie schade, dass wir nicht zur Felseninsel hinüberrudern können«, antwortete Richard. »Wir sind schon so lange nicht mehr auf deiner Insel gewesen.« Er zeigte auf die Insel, die mitten in der Bucht aus dem Wasser ragte wie ein riesenhaftes Tier, das neugierig den Kopf aus dem Wasser reckt.

»Auf unserer Insel«, verbesserte Georg. »Aber es wäre wirklich zu gefährlich heute. Der Wind ist zu stark. Und du weißt, wie schwierig es ist, das Boot durch die spitzen Felsen zu manövrieren. Außerdem könnte die Strömung uns aufs offene Meer hinausziehen.«

»Um Himmels willen«, rief Anne. »Das dürfen wir nicht riskieren. Aber morgen ist auch noch ein Tag.«

»Und übermorgen und überübermorgen«, erwiderte Julius. »Ich bin gespannt, ob sich dort etwas verändert hat.«

Georg nickte. »Und ich erst. Aber nun kommt. Mutter hat Scones gebacken. Und ihr wisst ja: Ihre Scones sind unschlagbar.«

Richard rieb sich den Bauch. »Die kommen mir gerade recht. Mein Magen knurrt.«

Die anderen verdrehten die Augen. Typisch Richard, dieser Nimmersatt!

Plötzlich spitzte Tim die Ohren und witterte.

»Da kommt jemand den Strand entlang!«, rief Anne.

Georg kniff die Augen zusammen, um schärfer sehen zu können. »Das ist der alte Roger.«

Den alten Roger kannten sie alle fünf schon lange. Früher war er Fischer gewesen, doch nun fuhr er schon seit vielen Jahren nicht mehr hinaus, denn er war inzwischen sehr gebrechlich und von der Gicht geplagt.

Als er näher kam, erkannten die Kinder, dass es ihm schlechter ging als bei ihrem letzten Zusammentreffen. Sein Gang war gebeugt und die entzündeten Augen tränten vom Wind.

Tim stürmte auf den alten Mann zu und tanzte ihm schwanzwedelnd um die Beine. Roger beugte sich hinunter, tätschelte ihm den Rücken und brummte etwas, was die Kinder nicht verstehen konnten.

Georg hob die Hand zum Gruß. »Hallo, Roger!«

Mühsam richtete sich der alte Mann wieder auf und erwiderte den Gruß. »Hallo, Georgina! Na, da ist das ganze Klübchen ja wieder in der Felsenbucht versammelt.«

Eigentlich mochte es Georg nicht, wenn man sie bei ihrem richtigen Namen nannte, aber dem alten Fischer sah sie es nach. »Ja, aber leider können wir bei diesem Wind nicht zur Insel hinüber.«

Der alte Mann nickte. »Ja, seht euch nur vor. Das

Meer birgt viele Gefahren. Nicht nur die Felsen und tückischen Strömungen können einem zur Falle werden. Dort draußen tummelt sich so einiges unheiliges Volk. Seit Tagen sieht man sie am Horizont.«

Dann zog er zum Gruß seine zerschlissene Tweedmütze und ging seines Weges.

Die Kinder warfen sich verständnislose Blicke zu. Wovon redete der alte Mann? Was meinte er mit dem unheiligen Volk? Sprach er etwa von Wassermännern oder gar Seeungeheuern?

Richard kratzte sich an der Schläfe. »Ich glaube, der Gute ist inzwischen ein bisschen wirr im Kopf«, sagte er, als Roger außer Hörweite war.

Georg winkte ab. »Seemannsgarn. Die Seeleute erzählen halt gern Schauergeschichten. Bestimmt wollte er uns nur ein bisschen Angst einjagen. Pah!«

Anne machte ein nachdenkliches Gesicht. »Ich weiß nicht. Er sah eigentlich nicht so aus, als wollte er uns auf den Arm nehmen. Er schien es ernst zu meinen.«

Georg legte ihr lachend die Hand auf die Schulter. »Das ist doch die Kunst dabei, meine liebe Anne.«

Die Freunde lachten. Richard breitete die Arme

aus wie eine Krake und lief auf Anne zu. »Huhu, ich bin ein Seeungeheuer und komme, um dich zu holen!«

Anne boxte ihm gegen die Brust. »Nun hör schon auf. Ich bin doch kein kleines Baby mehr.«

»Wusstet ihr übrigens, dass Seeungeheuer ganz besonders viele Scones verputzen können?«, fragte Richard.

»Das war das Stichwort«, rief Georg. »Auf zu den Scones. Wer als Erster im Felsenhaus ist!«

Und schon war ein Wettrennen im Gange. Die Jungen und Georg ließen Anne ein wenig Vorsprung, dennoch hatten sie sie im Nu eingeholt. Sieger war aber natürlich wie immer Tim, der mit seinen vier Hundebeinen nur so davonflitzte.

Richard schlug als Erstes der Kinder an die Hauswand an. »Tim läuft außer Konkurrenz«, sagte er japsend.

Georg, die als Nächste ins Ziel kam, stützte die Hände auf die Knie, um besser Luft zu bekommen. »Schon gut, Richard, deinen Sieg macht dir ja keiner streitig. Wer den größten Hunger hat, hat eben die schnellsten Beine.«

Im Haus duftete es herrlich nach Gebackenem.

Tante Fanny, nach der überstandenen Krankheit immer noch ein wenig blass um die Nase, freute sich, als die Kinder ins Haus stürmten.

»Hui, macht bloß schnell die Tür wieder zu! Da fragt sich, wer hier mehr Wind macht, das Wetter oder ihr.«

Wie schön war es, die fünf wieder um sich zu haben. In der Zeit ihrer Krankheit war sie viel allein gewesen. Ihr Mann, Quentin, war wie immer mit seinen Forschungen beschäftigt gewesen. Tagsüber hatte nur ab und an die Frau nach ihr gesehen, die im Haushalt das Nötigste erledigte. Da war es doch schöner, wenn wieder allerlei Trubel im Haus war. »Lasst es euch schmecken! Hier ist Zitronenbutter. Streicht sie auf die Scones, solange sie noch warm sind.«

Die Scones schmeckten einfach herrlich. Es dauerte gar nicht lange, da war der Porzellanteller bereits leer gefuttert.

»Zum Glück sind noch welche im Ofen«, sagte die Mutter lachend. »Ich habe sie extra warm gehalten. Ich weiß doch, welche Mengen ihr verputzen könnt.« Sie zwinkerte Richard zu, der bereits vier Stück gegessen hatte.

Richard wurde rot, er fühlte sich ertappt. Aber als der Porzellanteller wieder mit dampfenden Scones gefüllt auf dem Tisch stand, langte er erneut zu.

Den weiteren Tag verbrachten die Kinder mit Spielen und Lesen, und als sie abends zu Bett gingen, pfiff der Wind immer noch ums Haus.

Anne lag lange wach und fragte sich, ob Georg mit ihrer Wetterprognose wohl Recht behalten würde. Noch klang es nicht so, als wollte der Sturm sich je wieder legen.

Draußen hörte sie die Äste knarzen und jammern und irgendwo klapperte etwas. Da sie ohnehin nicht einschlafen konnte, stieg sie aus dem Bett und huschte zum Fenster hinüber. Vielleicht konnte sie ja erkennen, woher dieses klappernde Geräusch kam.

Tim lag auf dem Teppich und spitzte kurz die Ohren, als Anne auf Zehenspitzen an ihm vorbeischlich.

Draußen ragten die Bäume, vom Wind gepeitscht, hinauf in einen tintenblauen Himmel, über den die Wolken nur so hinwegfegten. Hof und Garten lagen im Mondlicht da und so hatte Anne den Übeltäter

schnell ausgemacht. Nur der Fensterladen vom Schuppen, dachte sie beruhigt, als ihre Aufmerksamkeit plötzlich auf etwas anderes gelenkt wurde. Weit draußen auf dem Meer erkannte sie am Horizont ein Licht.

Ich möchte bei dem Wind nicht auf einem Schiff sein, dachte Anne. Und plötzlich kamen ihr die Worte des alten Roger wieder in den Sinn. *Dort draußen tummelt sich so einiges unheiliges Volk.*

Anne bekam eine Gänsehaut. Schnell schlüpfte sie wieder ins Bett und zog sich die Decke über die Nasenspitze. »Red dir kein dummes Zeug ein«, sagte sie zu sich selbst. »Es ist einfach nur ein Schiff.«

Aber womöglich war es ein Geisterschiff?

»Anne, Anne, wach doch auf!« Georg schüttelte ihre Kusine, die sich im Bett unruhig hin und her drehte und leise wimmerte.

Mit einem kurzen Schrei richtete Anne sich auf und starrte ihre Kusine an.

Georg lachte. »Und jetzt erzähl mir mal, wovon du geträumt hast. Das müssen ja gefährliche Abenteuer gewesen sein, die du gerade erlebt hast.«

Anne brauchte einen Moment, um richtig wach zu werden, und schüttelte sich. »Das kannst du laut sagen«, erwiderte sie schließlich. »Wir wurden in unserem Ruderboot von einem Geisterschiff verfolgt. Es hatte schwarze, zerfetzte Segel und überall schauten schaurige zahnlose Kerle mit riesigen Ohrringen über die Reling. Und Messer hatten die in den Händen, so groß!« Anne hielt die Hände einen halben Meter weit auseinander.

»Unglaublich!«, staunte Georg. »Aber jetzt bist du zum Glück ja wach. Dir sind wohl die Schauermärchen vom alten Roger in den Kopf gestiegen.«

»I wo!«, rief Anne und sprang aus dem Bett. Jetzt erst warf sie einen Blick aus dem Fenster und sah, dass die Sonne ihre Strahlen von einem wolkenlosen blauen Himmel hinabschickte. Der Wind hatte die Wolken tatsächlich fortgeblasen. »Inselwetter!«, rief sie strahlend.

Zufrieden stellte Georg fest: »Wie ich es vorausgesagt habe. Es weht kein Lüftchen mehr und die Sonne scheint. Unserem Ausflug zur Felseninsel steht nichts mehr im Wege. Komm, wir wecken die Jungen.«

Als hätte Tim Georgs Aufforderung verstanden, war er schon durch die Tür geschlüpft und über den Flur gehuscht, um mit der Pfote die Tür zum Zimmer der Jungen aufzustoßen. Noch bevor Richard sich in Deckung bringen konnte, stand der Hund mit den Vorderpfoten auf der Bettkante und schlabberte ihm mit der Zunge das Gesicht ab.

»Auf, auf, die Sonne lacht!«, rief Anne fröhlich. Ihren Alptraum hatte sie längst vergessen.

Julius sprang aus dem Bett, bevor Tim auch ihn mit seiner nassen Zunge erreichen konnte.

»Los, wir wollen keine Zeit verlieren!«, trieb

Georg die Jungen an. »Die Felseninsel ruft! Lasst uns gleich nach dem Frühstück hinüberrudern.«

»Frühstück, das höre ich gern«, sagte Richard verschlafen und wischte sich das Gesicht trocken. »Und ich rieche auch schon den leckeren gebratenen Speck.«

Aber es war dann doch nicht Richard, der als Erster am Tisch saß, sondern Tim, der hechelnd auf seine Ration wartete.

»Zum Glück ist mein Vater nicht da«, sagte Georg. »Er sieht es gar nicht gern, wenn Tim am Tisch bettelt.«

»Oh«, rief Anne. »Er bettelt doch gar nicht. Siehst du, er sitzt brav da und versucht nur, uns mit seinem treuherzigen Blick zu hypnotisieren.«

Zu ihrer Überraschung hatte Tante Fanny ihnen bereits einen großen Korb mit Proviant zurechtgemacht. »Mir war doch klar, dass ihr zur Insel wollt, sobald das Wetter es zulässt. Ich wünsche euch viel Spaß, aber seid bitte zum Tee zurück.«

Die Freunde versprachen es.

»Es wartet übrigens noch eine Überraschung auf euch«, erklärte Georgs Mutter, als die vier mit Tim das Haus verließen.

Die Kinder überlegten auf dem Weg hinunter zum Strand, was sie wohl gemeint haben mochte. Hatte sich auf der Insel etwas getan?

Doch die Überraschung erwartete sie bereits am Strand, als sie das Ruderboot aus dem Bootsschuppen holen wollten.

»Seht nur, meine Eltern haben das Boot neu streichen lassen!«, rief Georg begeistert.

Die Kinder staunten über das alte Boot, das nun in neuem, glänzend grünem Gewand erstrahlte.

»Und die Sitzbänke sind mit neuen Brettern versehen worden.« Julius klopfte auf das helle Holz.

»Kommt, fasst an!«, forderte Georg die anderen auf, und so zogen sie das neue alte Boot gemeinsam unter lautem »Hau-ruck!«-Rufen ins Wasser. Schnell noch den Korb hineingehoben und los ging es zur ersten Fahrt zur Felseninsel nach langer, langer Zeit.

Wer war auf der Felseninsel?

Julius legte sich mächtig ins Zeug, um das Boot so schnell wie möglich zur Felseninsel zu rudern. Doch kurz bevor sie das Eiland erreichten, übernahm Georg. Es war nicht ungefährlich, das hölzerne Boot durch die spitzen Felsen zu manövrieren, und Georg kannte sich einfach am besten aus. Besonders gefährlich waren nicht die Felsen, die aus dem Wasser ragten, sondern die, die ihre tückischen Spitzen unter der Wasseroberfläche verbargen. Sah man sich nicht vor, dann lief man Gefahr, dass die scharfen Kanten das Boot aufschlitzten wie eine Konservendose.

Da absolute Windstille herrschte, hatte Georg heute keine Mühe, das Boot bis in die kleine Bucht auf der Ostseite der Insel zu lenken, die sich hinter einer niedrigen Felswand verbarg. Hier konnten sie am seichten Ufer sicher an Land gehen.

Anne rieb sich die Hände. »Ich bin so gespannt, wie alles aussieht! Wie lange waren wir nicht mehr hier.«

Richard schaute unter das karierte Tuch, mit

dem der Proviantkorb abgedeckt war. »Hm, und das sieht nach einem schönen, ausgiebigen Picknick aus.«

»Du denkst auch wirklich nur ans Essen!«, rief Georg lachend. »Steig jetzt lieber aus dem Boot und hilf, es an Land zu ziehen.«

Richard und Julius krempelten sich die Hosenbeine hoch und stiegen barfuß ins Uferwasser. Tim folgte ihnen und sprang laut bellend zum Strand.

»Typisch Tim!«, rief Georg lachend. »Er muss sofort ankündigen, dass er hier ist, damit alle Kaninchen Bescheid wissen und sich in Acht nehmen!«

Julius schwang sich das Tau über die Schulter und zog vorne am Boot, während Richard seitlich anpackte und schob. Dann sprangen auch die Mädchen in den warmen Ufersand.

»Das langt«, entschied Georg, als sie das Boot ein Stück weit auf den Strand gezogen hatten. »So kann nichts passieren.«

»Ich stelle den Korb mit dem Proviant dort drüben in den Schatten«, sagte Anne. »Wir brauchen ihn nicht die ganze Zeit mit uns herumzuschleppen.«

»In Ordnung«, erwiderte Georg. »Ich finde auch, wir sollten zum Picknick in die Bucht zurückkehren. Hier ist es wunderschön.«

Nachdem sie den Korb gut verstaut und mit einem Stein beschwert hatten, machten sie sich auf zur Mitte der Insel. Von dort führte eine Felsentreppe zur Ruine einer alten Burg. Wie viele Abenteuer hatten sie hier schon erlebt! Vor langer Zeit, da hatten sich die Freunde gerade erst kennen gelernt, wollte Georgs Vater, Onkel Quentin, die Insel verkaufen. Ein Hotel sollte dort gebaut werden, obwohl die Insel doch Georg gehörte! Aber diese Pläne konnten in letzter Sekunde abgewendet werden. Und so war die Insel das geblieben, was sie immer gewesen war, ein Ort der Wildnis und der Abenteuer.

Die beiden Türme der Burgruine ragten in den strahlend blauen Himmel, sodass die Freunde sich die Hände über die Augen halten mussten, um nicht geblendet zu werden. Wie kleine schwarze Punkte jagten die Dohlen um das alte Gemäuer herum. Hier fanden die Rabenvögel ideale Nistplätze.

Einer der Türme war besonders stark verfallen.

Also war Vorsicht geboten, damit man nicht von herunterfallenden Gesteinsbrocken verletzt wurde.

Obwohl die Kinder schon viele Male in der Ruine herumgekraxelt waren, erwies es sich doch immer wieder als spannendes Abenteuer.

»Man sieht, dass ewig lange niemand mehr hier gewesen ist«, stellte Georg fest, als sie die alte Burg erreicht hatten. »Alles ist total zugewuchert. Schaut nur, der Brunnen ist kaum noch zu sehen unter all dem Efeu.«

Julius zeigte auf die Kaninchen, die sich bis nah an sie herantrauten. »Die kleinen Hoppler zeigen auch keine Scheu vor uns.«

»Dabei sollten sie sich vor Tim in Acht nehmen!«, rief Richard. »Seht ihn euch nur an.«

Tim wäre nämlich am liebsten sofort losgestürmt, um die kleinen Tiere zu jagen. Das war seine liebste Beschäftigung, aber er wusste genau, dass er es nicht durfte. Dennoch war er vollkommen angespannt und zitterte am ganzen Körper.

Julius tätschelte ihn. »Lass gut sein, Tim. Du bekommst gleich etwas von unserem Picknick ab. Versprochen.«

»Kommt, lasst uns auf den Turm klettern«, schlug

Georg vor. »Von dort oben haben wir die beste Aussicht.«

Anne seufzte. Schon oft hatte sie mit den Freunden die Stufen des Turmes erklommen und immer war es ihr dabei unheimlich gewesen. Das Gemäuer war kalt, dunkel und feucht, und immerzu hatte Anne Sorge, es könnte sich ein Stein unter ihrem Tritt lösen. Sie hielt sich dicht hinter ihren Brüdern. Als schon das Ende der Treppe in Sichtweite war, schrak sie zusammen. Eine Dohle kam mit lautem Gekreisch dicht vor ihrem Gesicht aus einer Fensterluke geschossen und wurde sogleich von Tim mit lautem Gekläffe in die Flucht geschlagen.

»Keine Sorge, wir sind nicht gekommen, um eure Nester zu plündern!«, rief Richard der Dohle nach und fing laut an zu lachen.

Aber Anne schimpfte: »Das war gar nicht lustig. Ich wäre vor Schreck beinahe die Treppe runtergefallen!«

Julius trat einen Schritt zur Seite. »Dann komm besser zwischen uns.«

Als sie ins Freie traten, hielten sich die Kinder lieber vom Sims des Turmes fern. Es konnten sich im

Laufe der Zeit Steine gelockert haben und einen Sturz in die Tiefe wollten sie natürlich nicht riskieren.

Georg sog die frische Meeresluft durch die Nase ein und rief: »Was für eine herrliche Fernsicht wir heute haben.«

»Mist«, schimpfte Richard. »Zu blöd, dass ich mein Fernglas vergessen habe. Seht ihr dort hinten auf dem Felsen die großen, dunklen Vögel? Ich glaube, dort sitzen wieder Kormorane.«

Zu seinem Erstaunen zog Georg einen kleinen Gegenstand aus der Hosentasche, der sich auseinander geklappt als Minifernglas entpuppte. »Keine Sorge, deine Kusine denkt an alles.«

Lachend nahm Richard das Glas entgegen und richtete es auf die Vögel. »In der Tat, es sind Kormorane. Könnt ihr erkennen, wie sie ihre Flügel zum Trocknen ausbreiten?«

»Warum tun sie das?«, fragte Anne.

»Nun, sie tauchen und fangen kleine Fische. Dabei halten sie die Flügel leicht angewinkelt, sodass sie tüchtig nass werden und immer wieder einmal getrocknet werden müssen.« Richard hielt Anne das Fernglas hin. »Möchtest du mal sehen?«

Eine ganze Weile betrachtete Anne die großen Vögel auf den Felsen und staunte über die Ruhe, die diese Tiere ausstrahlten, als ihr Blick plötzlich von etwas anderem gefangen wurde.

Draußen im offenen Wasser zog langsam ein Schiff an der Bucht vorbei. Nun war es nichts Ungewöhnliches, dass ein Schiff die Bucht passierte, aber Anne musste an die Lichter denken, die sie in der Nacht am Horizont gesehen hatte, und ein leises Schaudern lief ihr über den Rücken. Doch sie sagte lieber nichts, denn sie fürchtete, sich vor den anderen lächerlich zu machen. Geisterschiff, wer glaubte schon so was …

Bestimmt liegt es an meinem Traum, dass es mich beim Anblick des Schiffes gruselt, dachte Anne und schob jeden weiteren Gedanken daran fort. Schließlich war es ein ganz normales Schiff. Keine Spur von schwarzen, zerfetzten Segeln, geschweige denn von einer Totenkopffahne.

Dennoch schrak sie heftig zusammen, als Georg ihr auf die Schulter tippte. »Darf ich auch mal oder sind deine Augen festgeklebt?«

Anne reichte ihr lachend das Fernglas.

Die Kinder ließen ihre Blicke über die Insel wandern, wo in den Ritzen der Felsen strahlend gelb der Mauerpfeffer blühte und sich Teppiche von winzigen rosa Nelken im Wind wiegten. Sie genossen es einfach, wieder auf ihrer geliebten Insel zu sein, diesem Ort, den sie außer mit den Kaninchen und anderen wild lebenden Tieren mit niemandem zu teilen brauchten. Sie hingen ihren Gedanken nach und stellten sich vor, wie vor langer Zeit die Menschen der Burg gelebt hatten. Heute beherbergten die Mauern nur noch Flechten, Moos und Dohlennester.

»Lasst uns zur anderen Seite der Insel gehen«, schlug Julius vor und stieg den anderen voran die enge Treppe hinunter.

Der Trampelpfad zur Westseite der Insel war längst wieder zugewuchert, und Julius war froh, dass er eine lange Hose trug, sonst hätte ihm das Brombeergestrüpp tüchtig die Beine zerkratzt. Sorgfältig trat er die ausladenden Zweige hinunter, die sich wie dünne Fangarme kniehoch vor ihm über den Boden schlängelten.

»Schade, dass die Beeren noch nicht reif sind«, sagte Anne, als sie die kleinen roten Früchte entdeckte, die schon bald ein dunkles Violett annehmen würden. »Die Brombeeren von der Felseninsel sind die leckersten der Welt!«

»Das ist doch sonnenklar!«, rief Georg, was Tim mit einem lauten Wuff kommentierte, als hätte er ihre Worte verstanden.

Die Freunde mussten lachen, denn sie wussten, dass auch Tim Brombeeren liebte.

Endlich hatten sie das Ufer erreicht. Es gab nur wenig Sand an dem schmalen Stückchen Strand hier, sondern dunklen, groben Kies und jede Menge Felsen.

»Hallo, was haben wir denn da?«, rief Julius plötzlich.

»Na, so was«, staunte Georg, als auch sie entdeckte, dass hier offensichtlich jemand ein Feuer gemacht hatte. Auf dem Kies fanden sich in einem Kreis aus großen Kieselsteinen die Reste eines Lagerfeuers. »Da hatten wir wohl Besuch auf unserer Insel.«

Die anderen wunderten sich, dass Georg nicht wütend wurde. Früher war sie sehr eigen gewesen mit ihrer Insel. Damals hatte es an ein Wunder gegrenzt, dass sie Anne, Richard und Julius überhaupt mit auf die Insel genommen hatte.

Schließlich zuckte sie die Schultern. »Na ja, schließlich steht ja kein Betreten-verboten-Schild am Strand.«

Trotzdem konnten die anderen ihr ansehen: Es war ihr nicht recht, dass sich fremde Menschen auf ihrer Insel aufhielten.

»Hauptsache, die Leute benehmen sich gut und hinterlassen keinen Müll«, sagte Anne, und die Brüder nickten zustimmend.

»Vielleicht waren es ja Fischerjungen aus dem Ort«, meinte Julius.

Aber Georg winkte ab. »Nein, nein, bestimmt nicht. Die wissen nämlich, dass es streng verboten ist, am Strand ein Feuer zu machen, zumal an einer Stelle, die vom Meer aus gut einsehbar ist.«

Anne sah sich überrascht um. »Aber warum denn? Ein Feuer kann doch nicht so schnell ausbrechen so nah am Wasser.«

Georg lachte. »Damit hat das ja auch nichts zu tun. Aber die Schiffsbesatzungen könnten den Feuerschein mit den Positionslichtern verwechseln, die ihnen den Weg weisen sollen, und so auf die Felsen auflaufen.«

Eine Weile vergnügten sie sich damit, flache Steinchen auf dem Wasser hüpfen zu lassen, dann entschlossen sie sich, zur Sandbucht zurückzukehren und sich ihrem Imbiss zu widmen.

»Was meinst du«, wandte Julius sich an Georg. »Können wir es hier riskieren, ein kleines Feuerchen zu machen, um das leckere Weißbrot zu rösten, das deine Mutter uns eingepackt hat? Die Bucht ist von der Meerseite kaum einsehbar.«

»Na klar!«, rief Georg. »Schließlich ist es helllichter Tag.«

»Du hast doch bestimmt Streichhölzer in deiner

Hosentasche, stimmt's?«, fragte Julius und begann, trockene Zweige und Äste zu sammeln.

Georg grinste nur. Das sollte heißen: Natürlich!

Schnell war im Schutz einer schmalen Felswand ein Feuerchen entfacht, während Anne die kleine karierte Decke ausbreitete und den Korb auspackte. Kalte Pastete, Weißbrot und Obst kamen zum Vorschein, Fruchtsaft und für jeden ein Stück Schokoladenkuchen.

»Super!«, rief Richard, als er hineinbiss. »Er zergeht auf der Zunge. Wenn Tante Fanny eins kann, dann ist es Kuchen backen.«

Georg lachte. »Das Lob solltest du dir bis nachher aufheben und ihr persönlich sagen.«

Schon bald wurden die Freunde vom vielen Essen müde und gönnten sich im Schatten ein kleines Schläfchen. Nur Richard hockte sich in den warmen, feinen Sand und schnitzte mit seinem neuen Taschenmesser aus einem Stück Holz eine kleine Figur. Er wollte sich einen Spaß erlauben und die Figur später als Galionsfigur am Bug des Holzbootes befestigen.

Er war so in seine Arbeit vertieft, dass er das Schiff nicht bemerkte, das nun die Insel passiert hatte und ausgangs der Bucht hinter den Klippen verschwand. Er blickte erst wieder auf, als einige Uferschwalben laut schimpfend über seinen Kopf hinwegschossen.

Richard stieß einen leisen Fluch aus, weil er sich vor Schreck beinahe in den Finger geschnitten hätte. Zornig drohte er den Vögeln mit der Faust und sprang dann auf die Füße, um die Figur mit einer Kordel, die er aus dem Brotbeutel gezogen hatte, am Bug des Bootes anzubringen. Was die anderen wohl dazu sagen würden? Er grinste und entschied, dass es nun an der Zeit war, die Freunde zu wecken. Er hatte auch keine Lust mehr, allein im Sand zu hocken.

Plötzlich fiel sein Blick auf eine große gezackte Muschelschnecke im Sand. Er hob sie auf, schüttelte sie und sah hinein. »Hallo, wohnt dort noch jemand?«, fragte er. Aber das Schneckenhaus war eindeutig leer.

Richard suchte einen spitzen Stein und schlug die eine Spitze der Muschelschale ab. Dann holte er tief Luft und blies hinein.

Es funktionierte! Ein heller, kraftvoller Ton hallte durch die kleine Bucht.

Sofort waren alle wach. Tim kam angejagt und verbellte Richard. Dieser fremde Ton behagte ihm gar nicht!

»He, bist du unter die Eingeborenen gegangen?«, rief Julius und lachte.

Anne rieb sich die Augen und reckte sich dann wie eine junge Katze. »Wie lange haben wir denn geschlafen?«

»Viel zu lange, wenn du mich fragst«, antwortete Richard. »Wir müssen langsam aufbrechen. Ihr wisst doch, der Rückweg ist wegen der Strömung immer etwas anstrengender.«

Julius hob die Arme und zeigte seinem Bruder die Muskeln. »Lass mich nur machen, du Hilfsmatrose.«

Plötzlich brach Georg in schallendes Gelächter aus. Sie hatte die kleine Galionsfigur entdeckt. »Na, wen haben wir denn da?«

Schon scharten sich die Freunde um den Bug des Bootes und betrachteten die Figur von allen Seiten.

»Tja, mir war langweilig«, erklärte Richard. »Mein Messer hat sich übrigens als tolles Schnitzmesser erwiesen.«

»Alle Achtung!«, lobte Georg. »Diese Figur ist unseres Bootes würdig.«

Anne grinste. »Ich finde, sie hat große Ähnlichkeit mit unserer Tante Alberta.«

»Na prima!«, rief Richard. »Dann haben wir ja auch schon einen Namen für sie.« Er tauchte die Fingerspitzen ins Meerwasser und bespritzte damit die Holzfigur. »Ich taufe dich auf den Namen *Alberta von der Felsenbucht*! Mögest du uns stets beschützen und uns Glück bringen. Mast- und Schotbruch!«

»Mast- und Schotbruch!«, wiederholten die anderen feierlich, und Tim kommentierte es mit einem lauten »Wuff!«.

»Wir nehmen sie nachher mit nach Hause, malen sie an und bepinseln sie mit Klarlack, damit sie nicht verrottet«, schlug Georg vor.

Damit waren die anderen einverstanden.

»Das Bemalen übernimmst am besten du«, meinte Richard. »Du kannst von uns eindeutig am besten mit Farbe und Pinsel umgehen.«

Anne packte die Reste des Imbisses zusammen. Wie leicht der Korb nun war! Alles andere war in ihren Bäuchen verschwunden.

Schließlich zogen die vier das Boot ins Wasser. Die Jungen ergriffen die Paddel, Georg platzierte sich im Bug und dirigierte Julius und Richard sicher durch die Felsen.

Und hätten sie sich noch einmal umgedreht, als sie das Ufer der Felsenbucht erreicht hatten, dann hätten sie vielleicht noch gesehen, wie sich von der Einmündung der Bucht her ein anderes Ruderboot der Felseninsel näherte.

Alberta von der Felsenbucht

Die Galionsfigur *Alberta von der Felsenbucht* bekam ein leuchtend scharlachrotes Kleid und pechschwarze Haare. Und als Georg in einem verstaubten Regal im Schuppen ein kleines Döschen Goldbronze fand, versah sie das Haar noch mit einer goldenen Spange.

»Nun muss die Farbe erst gut trocknen, bevor wir den Klarlack auftragen können«, erklärte Georg. »Am besten machen wir das morgen früh.«

Zum Abendessen war auch endlich Georgs Vater heimgekehrt. Die Kinder erzählten ihm von ihrem Ausflug zur Felseninsel, und er erkundigte sich, ob sich dort etwas verändert habe.

»Na klar!«, rief Georg. »Alles ist total zugewuchert, aber ansonsten ist alles in Ordnung. Die Dohlen fühlen sich wohl wie eh und je. Und vielen Dank, dass ihr das Boot habt streichen lassen.« Sie hielt es für schlauer, nichts von der Feuerstelle zu sagen, die sie am Westufer entdeckt hatten.

Ihr Vater nickte lächelnd. »Es wurde höchste Zeit. Aber ich gebe zu, dass es mir gar nicht aufgefallen war. Deine Mutter fand, das Boot könnte eine Erneuerung gebrauchen.«

»Ben Dudelsack hat es erledigt«, erklärte Tante Fanny.

Anne und ihre Brüder sahen ihre Tante fragend an. »Ben Dudelsack? Wer ist das denn?«, wollten sie wissen.

Tante Fanny lachte. Den Spitznamen des Mannes kannten alle im Dorf. Es war ihr gar nicht in den Sinn gekommen, dass Anne und die Jungen ihn noch nicht gehört haben könnten. »Ben ist der einzige Fischer im Ort, der einen Dudelsack besitzt. Richtig gut spielen kann er darauf nicht, muss ich allerdings sagen. Daher hat er auf jeden Fall seinen Spitznamen.«

Anne klatschte in die Hände. »Du lieber Himmel, in was für einem tollen Boot sind wir heute gefahren. Von Ben Dudelsack angestrichen und mit Alberta von der Felsenbucht geschmückt …«

Tante Fanny zog die Augenbrauen hoch. »Alberta von der Felsenbucht?«

»Ja!«, rief Anne. »Richard hat uns eine Galionsfigur geschnitzt. Georg hat sie vorhin bemalt, sie steht noch draußen zum Trocknen.«

»Nun, die müssen wir uns unbedingt ansehen«, sagte Georgs Mutter. »Da bin ich aber gespannt.«

Richard errötete ein wenig. »Erwarte bitte nicht zu viel, Tante Fanny. Die Figur ist wirklich nichts Besonderes und auch ziemlich klein.«

Sie lächelte. »Wenn du mal da nicht dein Licht unter den Scheffel stellst.«

Während die Kinder vor dem Schlafengehen im Garten noch eine Partie Federball spielten, brachen Georgs Eltern zu einem kleinen Abendspaziergang auf. Zunächst gingen sie zum Schuppen, um sich die Galionsfigur anzusehen.

Plötzlich hallte ein Donnerwetter über den Hof. »Georgina, komm sofort her!«, brüllte ihr Vater zornig. »Wird's bald. Soll ich dir Beine machen?«

Anne sah die Freunde beunruhigt an. Was hatte Onkel Quentin nur so aufgeregt? Sie alle kannten ihn gut. Wenn er wütend war, war mit ihm nicht gut Kirschen essen. Und wenn er Georg schon Georgina nannte, dann war wirklich etwas im Busch.

Tim wusste sofort, dass etwas nicht in Ordnung war, und wich nicht von Georgs Seite, als diese sich auf den Weg zum Schuppen machte.

»Was ist denn, Vater?«, fragte Georg, als sie auch

schon sah, was ihn so erzürnt hatte. Sie hatte vergessen, die Pinsel nach dem Gebrauch zu reinigen.

»So eine Schlamperei!«, fauchte er. »Die Pinsel sind hin! Hab ich dir nicht immer gepredigt, dass man Arbeitsgeräte, nachdem man sie benutzt hat, sofort sauber machen soll? Dort steht das Terpentin. Aber das nützt nun auch nichts mehr. Die Pinsel sind mittlerweile steinhart geworden.«

Georg ärgerte sich über sich selbst. Wie hatte sie das vergessen können? Es war sonst nicht ihre Art, so unachtsam mit den Dingen umzugehen. »Tut mir wirklich Leid, Vater. So etwas kommt nicht wieder vor. Gleich morgen werde ich neue Pinsel kaufen. Von meinem Taschengeld.«

»Das ist auch das Mindeste«, zischte ihr Vater. »Für heute ist Feierabend. Du gehst sofort ins Bett, verstanden?«

Seine Frau legte ihm beschwichtigend die Hand auf den Arm. »Lass gut sein, Quentin. Georgina hat doch ...«

Aber er fiel ihr ins Wort. »Nichts da. Georgina muss ihre Lektion lernen.«

Sie warf ihrer Tochter einen bedauernden Blick zu. »Aber du hast die Figur sehr schön bemalt.«

Das war Georg allerdings jetzt auch egal. Wütend stapfte sie davon. Doch es kam ihr keineswegs in den Sinn, in ihr Zimmer zu gehen, sondern sie schnappte sich die Hundeleine und verschwand mit Tim Richtung Wald.

Die anderen blickten ihr besorgt nach.

»Oje, wenn das mal schlau war«, sagte Julius. »Jetzt reizt sie ihren Vater erst recht.«

Anne seufzte. »Du kennst doch Georgs Dickkopf. Wart nur, gleich kriegt sie sich wieder ein.«

Julius verzog den Mund zu einem schiefen Grinsen. »Aber Onkel Quentin? Ob der sich wieder einkriegt?«

Georg kehrte erst heim, als Anne schon längst im Bett lag. Wäre Georg nicht Georg gewesen, sondern irgendein anderes Mädchen, hätte Anne sich große Sorgen gemacht – und Tante Fanny sicher auch. Aber Georg kam schon klar, zumal wenn Tim bei ihr war.

Unten im Haus hörte Anne Tante Fanny und Georg miteinander reden. Die Stimme ihrer Tante klang ungewöhnlich streng. Es war aber auch zu dumm von Georg gewesen, einfach wegzulaufen.

Anne tat so, als schlafe sie schon, als Georg und Tim ins Zimmer schlichen. Im fahlen Mondlicht, das durch das Fenster fiel, sah Anne, wie Georg in ihren Schlafanzug schlüpfte. Doch anstatt ins Bett zu kriechen, blieb sie noch eine Weile am Fenster stehen. Anne sah, dass sie das kleine Fernglas an die Augen hob, das sie mit zur Felseninsel genommen hatte.

»Ist das Schiff wieder da?«, flüsterte Anne.

»Du schläfst ja gar nicht!«, stellte Georg fest.

»Bin gerade wieder aufgewacht«, flunkerte Anne und wiederholte ihre Frage.

»Wieso *das* Schiff?«, erwiderte Georg. »Da fahren doch ständig irgendwelche Schiffe vorbei. Ich schau mir gern im Dunkeln die Lichter an, die am Horizont vorbeiziehen, und stell mir vor, ich wäre auch auf einem dieser Schiffe und würde in die weite Welt gehen.«

Anne setzte sich auf. »Möchtest du das wirklich? Ich meine, so weit von zu Hause weggehen?«

»Klar«, antwortete Georg. »Wenn ich alt genug bin, werde ich das auch tun. Dann kann mich mein Vater nicht mehr rumkommandieren.«

Aha, dachte Anne. Daher weht der Wind.

»Also ich möchte lieber hier bleiben, in der Heimat«, sagte Anne. »Ich würde sicher schreckliches Heimweh bekommen.«

»Da bist du eben anders als ich«, antwortete Georg kurz.

»Meinst du nicht, du würdest deine Eltern vermissen?«, fragte Anne.

Aber Georg blieb die Antwort schuldig. »Keine Lichter mehr zu sehen«, sagte sie schließlich, legte das Fernglas weg und kroch ins Bett. »Gute Nacht, Anne.«

»Gute Nacht«, erwiderte Anne und schickte ein Stoßgebet zum Himmel, in der Hoffnung, dass sich die Gemüter am nächsten Morgen beruhigt hatten.

Doch dieser Wunsch blieb unerfüllt. Dass Georg sich mit Tim auf und davon gemacht hatte, anstatt sich, wie ihr Vater es verlangt hatte, auf ihr Zimmer zu begeben, war des Guten zu viel gewesen. Nun hatte sie einen Tag Hausarrest bekommen.

Aus Trotz war sie nicht einmal zum Frühstück erschienen.

Richard zuckte die Schultern. »Sie hat den Bogen wirklich überspannt. Hätte sie getan, was Onkel Quentin gesagt hat, hätte sie sicher nur neue Pinsel kaufen müssen, und alles wäre wieder im Lot gewesen.«

»Genau«, pflichtete Anne bei. »Wir hätten alle vier unser Geld zusammengelegt, denn schließlich gehört die Figur ja uns allen.«

»Na ja, wir kennen doch Georg!« Julius grinste. »Sie lässt sich nicht gern zu etwas zwingen, nicht einmal von ihrem Vater. Ich schlage vor, dass wir unsere Alberta gleich lackieren, dann ist sie in der Sonne ruck, zuck getrocknet.«

»Und heute Nachmittag gehen wir dann zum Strand und bringen sie am Bug an«, schlug Richard vor. »Aber diesmal vernünftig mit Leim und Nägeln. Die Schnur vom Brotbeutel war ja nur ein Provisorium.«

»Wir dürfen nicht vergessen, die Schnur wieder in den Beutel zu ziehen«, erinnerte Anne. »Sonst ist Tante Fanny dann auch noch sauer. Ich kümmere mich gleich darum.«

Während Richard und Julius in den Schuppen gingen, um die Figur mit Klarlack zu streichen, machte sich Anne daran, die Schnur wieder in den Brotbeutel zu ziehen. Tante Fanny beschäftigte sich schweigend in der Küche. Sie war selbst immer kreuzunglücklich, wenn »ihre beiden Sturköpfe« aneinander gerieten.

»Habt ihr auch ja den Pinsel wieder ordentlich sauber gemacht?«, fragte Anne grinsend, als sie zu ihren Brüdern in den Schuppen kam.

»Natürlich«, antwortete Richard. »Und Julius hat von Onkel Quentin sogar Leim, Nägel und einen Hammer bekommen. Auch wenn Georg wütend sein wird, dass wir ihn um etwas gebeten haben. Ich wette, sie wird die nächsten Tage kein Wort mit ihm reden.«

Sicher wäre Tim gern mit Anne und den Jungen zum Strand gelaufen, aber er blieb bei Georg.

»Ob ich ihr auch Gesellschaft leisten sollte?«, fragte Anne, aber die Jungen winkten ab.

Die Sonne schien an diesem Nachmittag wieder von einem wolkenlosen Himmel, und so kamen Julius und Richard bei der kniffligen Arbeit, *Alberta von der Felsenbucht* am Bug anzubringen, schnell ins Schwitzen.

»Es muss solide Arbeit sein, sonst fällt uns die Gute beim nächsten Wind wieder ab«, sagte Richard und zog einen Nagel heraus, den er soeben krumm gehauen hatte.

Anne betrachtete die Figur skeptisch. »Ist sie nicht ein bisschen schief?«

Die Jungen seufzten und warfen ihr vorwurfsvolle Blicke zu.

»Ist ja schon gut«, erwiderte Anne und verzog sich lieber hinunter zum Wassersaum, um nach schönen Steinen zu suchen. Sie entdeckte einen kleinen Krebs, der zwischen ein paar kleinere Felsen gekrochen war, und ein Stück von einem Vogelgerippe, das von der Sonne ausgebleicht war. Schließlich fand sie einen schwarz glänzenden

Stein mit einem Loch in der Mitte, das so groß war wie ein Fingernagel. Und in dieses Loch wiederum hatte das Meer einen anderen, grün schimmernden Stein gespült. Anne hielt dieses Kunstwerk der Natur in den Händen und versuchte, den kleineren Stein aus der Öffnung zu drücken, aber er saß fest.

Sie hielt den Stein gegen die Sonne, denn die Oberfläche glänzte so schön, als wäre sie mit einer Speckschwarte eingerieben worden. Da entdeckte sie wieder das Schiff! Von dieser Stelle aus war es nicht so gut zu sehen, doch Anne erkannte deutlich das blau gestrichene Führerhäuschen, daher war sie sich diesmal sicher: Es war das gleiche Schiff wie am Tag zuvor.

Sofort lief sie zu ihren Brüdern. »Seht ihr dieses Schiff dahinten?«

»Moment«, erwiderte Richard. »Wir müssen uns gerade sehr konzentrieren, sonst geht das hier wieder daneben.«

Anne sah, dass die Finger der Jungen mittlerweile voller Leim waren, und im Sand lagen mehrere krumm gehauene Nägel. Sie hob sie vorsichtshalber auf, damit niemand sie sich in den Fuß trat.

Doch schließlich war es vollbracht. Julius hielt

Richard die Hand hin. Richard schlug ein und *Alberta von der Felsenbucht* thronte endlich auf der Spitze des Bugs.

Jetzt entdeckte Julius den Stein in Annes Hand. »Was hast du denn da Schönes gefunden?«

Anne gab ihm den Stein und lachte. »Den hättest du wohl gern für deine Sammlung, was?«

Julius staunte. »Allerdings. Ein tolles Exemplar. Leider wird er nicht mehr so schön funkeln, wenn er erst richtig trocken ist, aber trotzdem …«

Da fiel Richard ihm ins Wort. »Was hast du da übrigens gerade von einem Schiff gesagt, Anne?«

»Das Schiff!«, rief Anne. »Das hatte ich schon wieder vergessen. Da draußen kreuzt die ganze Zeit ein Schiff vor der Bucht, ich habe es jetzt schon zum dritten Mal gesehen. Ich bin sicher, es ist immer dasselbe. Ist das nicht merkwürdig?«

»Wo denn?«, fragte Julius. »Welches Schiff?«

»Na, da drüben!« Anne zeigte in die Richtung, in der sie das Schiff entdeckt hatte, und stutzte. Das Schiff war verschwunden.

Georg lag eine Weile auf dem Bett und hing ihren Gedanken nach. Sie fand es gar nicht so schlimm,

Stubenarrest zu haben. Da gab es schlimmere Strafen! Natürlich wäre sie gerne den anderen zum Strand gefolgt, aber es war auch schön, einmal ganz für sich allein zu sein. Und ein Tag war schließlich ruck, zuck um.

Plötzlich kratzte Tim an der Tür.

»Na, mein Lieber, musst du mal raus?«, fragte Georg und öffnete ihrem Hund die Tür einen Spalt breit. Dann ging sie zum Fenster, um zu schauen, ob Tim auch brav in den Garten und durch die Büsche zum Rand des Grundstücks lief, um dort sein Geschäft zu verrichten. Aber Tim flitzte nur kurz zum Apfelbaum, hob das Bein und kehrte umgehend ins Haus zurück.

Ein treuer Freund, dachte Georg und ließ die Blicke schweifen. Die Felsen in der Bucht glänzten in der Sonne und nur wenige kleine Schaumkrönchen tanzten weit draußen auf den Wellen. Sie waren mit dem bloßen Auge kaum zu erkennen. Georg griff nach dem Fernglas und sah zur Felseninsel hinüber. Ob sich dort wieder Menschen tummelten, die auf der Insel nichts zu suchen hatten? Nein, zumindest auf dieser Seite war nichts zu sehen.

Aber ein Schiff passierte gerade wieder die Bucht.

Georg fiel ein, dass Anne ihr von einem Schiff erzählt hatte, das ihr vor der Bucht mehrmals aufgefallen war. Ob dies hier dasselbe Schiff war?

Ja, eine große Schiffsreise, das wäre toll!, dachte Georg. Andere Länder und andere Menschen kennen lernen. Natürlich sollte es größer als so ein Handelsschiff sein, das nur die Küste hinauf- und wieder hinunterfuhr.

Tim war längst wieder zurückgekehrt und widmete sich der Fellpflege, als Georg Schritte auf der Treppe hörte.

Hoffentlich nicht Vater, dachte sie. Er würde ihr sicher Vorschriften machen wollen, die Zeit in ihrem Zimmer *vernünftig* zu nutzen. Allerdings verstand er unter vernünftig etwas anderes als Georg. Für sie war es durchaus vernünftig, den Gedanken nachzuhängen.

Aber im selben Moment wurde ihr klar, dass keinesfalls ihr Vater kam. Jemand sprang leichten Schrittes die Stufen hinauf. Anne war zurückgekommen.

»Hallo, Georg!«, rief sie fröhlich, als sie die Tür aufstieß. »Ich hoffe, es war nicht allzu langweilig für dich. Schau nur, was ich gefunden habe!«

»Ach, es war gut auszuhalten«, erwiderte Georg ehrlich und nahm den Stein entgegen, den Anne ihr auf der flachen Hand hinhielt. »Der sieht ja wunderschön aus. Siehst du, was man für Schätze in der Felsenbucht finden kann.«

»Außerdem habe ich dieses Schiff schon wieder gesehen, von dem ich dir erzählt habe«, erklärte Anne. »Ich bin mir sicher, es war genau dasselbe. Aber als ich es den Jungs zeigen wollte, war es schon wieder verschwunden.«

»Hm«, machte Georg und griff noch einmal nach dem Fernglas. »Meinst du vielleicht das da?«

Anne spähte durch den Feldstecher. »Ja! Genau das! Ich erkenne es an dem blauen Führerhaus. Es ist offenbar zurückgekehrt. Es sieht aus wie ein größeres Fischerboot, findest du nicht?«

Georg nahm ihr mit nachdenklicher Miene noch einmal das Glas aus der Hand. »Mir ist aufgefallen, dass dieses Schiff extrem langsam fährt, so als halte seine Besatzung nach einem guten Ankerplatz Ausschau.«

Die Seeschwalbe

Als der neue Tag heranbrach, hatten sich im wahrsten Sinne des Wortes alle Wogen geglättet. Das Wasser in der Felsenbucht lag blank wie ein Spiegel unter den orangeroten Strahlen der aufgehenden Sonne. Und Georg und ihr Vater verloren beim Frühstück kein Wort mehr über ihren Streit. Darüber waren alle froh. Am meisten aber Tim, der ein gutes Gespür dafür hatte, wenn Spannung in der Luft lag.

Julius blickte verschlafen aus der Wäsche und gähnte herzhaft.

»Na, da hat dich wohl wieder ein Abenteuerroman vom Schlafen abgehalten«, zog Anne ihren großen Bruder auf.

Richard nickte. »Genau. Die halbe Nacht hat sein Nachttischlicht gebrannt. Und als er dann endlich eingeschlafen war, hat er die Geschichte im Traum weitererzählt. Leider hat er so undeutlich gesprochen, dass ich kein Wort verstehen konnte.«

Georg stand vom Frühstückstisch auf und kam kurz darauf mit ihrer Angel wieder. »Was haltet ihr davon? Wir fahren mit dem Boot raus zur Jungfernfahrt mit der neuen Galionsfigur. Da müssen die Fische doch anbeißen. Und heute Abend gibt es Fisch vom Grill.«

»Gute Idee«, sagte ihre Mutter. »Ich mach uns einen schönen Kartoffelsalat dazu und backe noch ein Weißbrot.«

»Hoffentlich sind keine fliegenden Fische unterwegs«, meinte Richard grinsend. »Die würden Julius geradewegs in den offenen Mund fliegen.«

»Na, dann Petri Heil!«, rief Tante Fanny den Kindern nach, als sie sich auf den Weg machten.

Stolz thronte die nun fertige Figur auf der Spitze des Bugs, als das Boot sanft durch das Wasser glitt. Außer einem kleinen Korb mit Proviant hatten die Kinder einen Eimer dabei für die Fische, die sie zu fangen hofften.

»Fahren wir ein Stückchen an der Insel vorbei«, schlug Georg vor. »Dort, wo das Wasser ausgangs der Bucht etwas seichter wird, weiß ich ein paar Stellen, wo man prima angeln kann.«

Anne lehnte sich zurück und blinzelte. »Der Himmel sieht aus wie frisch poliert, findet ihr nicht?«

»Was dir immer so in den Sinn kommt.« Georg

zog die Angel aus ihrem Futteral, während Richard und Julius nun mit kräftigen Zügen ruderten, denn sie hatten die Stellen mit den gefährlichen spitzen Felsen bereits hinter sich gelassen. Da sie der Mündung der Bucht so den Rücken zugekehrt hatten, konnten sie nicht sehen, was Georg entdeckte.

Sie richtete sich auf und rief: »Na, sieh mal einer an. Anne, wenn das nicht das Schiff ist, das wir gestern Abend beobachtet haben.«

Sofort war Anne mit allen Sinnen bei der Sache. »Du hattest Recht, Georg. Sie haben sich einen Ankerplatz gesucht.«

Jetzt hatten sich auch Julius und Richard umgedreht und betrachteten neugierig den großen Kutter mit dem blauen Führerhaus.

»Ist es das Schiff, das du gestern vor der Bucht entdeckt hast?«, fragte Julius.

Anne nickte. »Es sieht so merkwürdig still dort aus, wie ausgestorben.«

»Wir sind noch zu weit weg«, erwiderte Georg. »Von hier aus können wir nicht sehen, ob jemand an Deck ist. Ich möchte zu gern wissen, warum die hier vor Anker gegangen sind.«

»Und warum sie seit Tagen hier herumschippern«, fügte Anne hinzu, die die Worte des alten Roger nicht vergessen hatte. *Dort draußen tummelt sich so einiges unheiliges Volk.* Sie spürte eine leichte Gänsehaut. »Wie ein Geisterschiff.«

»Kommt, fahren wir noch ein bisschen näher ran und werfen die Angel aus«, schlug Georg vor. »Dann können wir das Schiff im Auge behalten.«

Sie näherten sich dem großen Kutter bis auf etwa zweihundert Meter und warfen die Angel aus. Tim stemmte die Vorderpfoten auf die Reling und starrte angespannt ins Wasser, als könnte er so die Fische herbeilocken.

Eine ganze Weile saßen sie schweigend da und ließen die Blicke immer wieder zwischen dem Kutter und der Angelrute hin- und herwandern. Nichts deutete darauf hin, dass sich jemand an Deck befand.

»Schade, dass ich ausgerechnet heute mein Fernglas vergessen habe.« Georg gab Richard die Angelrute und griff nach den Rudern. »Ich möchte unbedingt wissen, wer oder was sich auf dem Schiff befindet. Vielleicht fahren wir noch ein Stückchen näher heran?«

Anne riss die Augen auf. »Du willst doch wohl nicht an Bord klettern!«

Georg zuckte die Schultern. »Das wäre ja nicht das erste Mal. Erinnerst du dich nicht, wie wir damals auf dem alten Wrack waren?«

»Aber Georg, auf ein altes Wrack zu klettern, das viele Jahre auf dem Meeresgrund gelegen hat, oder einfach auf ein Schiff zu steigen, das jemand anderem gehört, das ist doch wohl ein himmelweiter Unterschied! So was nennt man Hausfriedensbruch«, rief Anne empört. »Außerdem wollten wir für das Abendessen Fische fangen. Vergiss das nicht!«

»Nun gerate nicht gleich in Panik«, beruhigte Georg ihre Kusine, als sie sich dem Schiff weiter näherten. *Seeschwalbe* war mit weißer Farbe darauf gemalt.

»Wo mag sich die Besatzung der *Seeschwalbe* befinden?«, fragte Julius.

»Vielleicht schlafen sie noch«, meinte Richard. »Schließlich ist es relativ früh am Morgen.«

Georg kommentierte das mit einer wegwerfenden Handbewegung. »Seeleute sind immer früh auf. Das weiß doch jeder.« Dann richtete sie sich auf, hielt sich die Hände wie einen Trichter vor den Mund und rief: »Guten Morgen! Jemand an Bord?«

»Bist du verrückt?«, protestierte Anne. »Was willst du denn sagen, wenn jemand da ist.«

»Genau«, stimmte Richard zu. »Die haben bestimmt eine Wache an Bord gelassen.«

»Wir können ihnen doch einfach einen guten Morgen wünschen«, antwortete Georg vorwurfsvoll. »Was ist schon dabei?«

Wieder rief sie und Tim stimmte mit lautem Gebell ein. Doch auf dem Schiff tat sich nichts.

»Das kann nur zweierlei bedeuten«, schlussfolgerte Julius. »Entweder ist tatsächlich keiner da …«

»… oder sie tun nur so, als sei das Schiff verlassen«, ergänzte Richard.

Anne betrachtete mit Sorge Georgs entschlossene Miene. Was das zu bedeuten hatte, wusste sie nur zu gut.

Und tatsächlich sprach Georg aus, was Anne befürchtet hatte: »Das lässt sich ja leicht nachprüfen.«

Anne rief: »Du willst doch wohl nicht wirklich an Bord klettern!«

Georg zuckte die Schultern. »Mal sehen. Richard, wickle mal die Angelschnur auf. Wir rudern um das Schiff herum und schauen es uns von allen Seiten genau an. Dann sehen wir weiter, okay?«

Damit waren die anderen einverstanden. Nur Anne saß mit trotzig verschränkten Armen auf der hinteren Bank. Ihr gefiel die Sache ganz und gar nicht.

Schon als sie die Rückseite des Schiffes erreicht hatten, machten sie eine Entdeckung.

»Seht ihr da die leeren Haken neben der Leiter?«, rief Julius. »Das Beiboot ist fort. Die Besatzung ist anscheinend ausgeflogen.«

»Also, was meint ihr?«, zischte Georg eifrig. »Wollen wir es wagen? Es wäre doch ein tolles Abenteuer.«

Julius zuckte die Achseln. »Ich weiß nicht so recht. Ich meine, was suchen wir denn eigentlich? Es ist doch kein Verbrechen, mit dem Schiff an der Küste hin und her zu fahren und schließlich hier zu ankern.«

»Aber auffällig ist das schon«, wandte Georg ein.

»Vielleicht vermessen die hier irgendwas«, mutmaßte Richard. »Oder sie machen irgendwelche wissenschaftlichen Untersuchungen.«

»Was auch immer«, schimpfte Anne. »Das gibt

uns nicht das Recht, einfach an Bord zu gehen und dort herumzustöbern.«

Doch ihr war klar, dass es völlig überflüssig war, Bedenken anzumelden. Was Georg sich in den Kopf gesetzt hatte, das führte sie auch durch. Sie war bereits dabei, das Boot Richtung Leiter zu steuern.

»Ihr könnt machen, was ihr wollt«, sagte Anne. »Ich werde nicht auf das Schiff klettern, so viel steht schon mal fest.«

»Umso besser.« Georg streckte bereits die Hand nach der Leiter aus. »Du bleibst im Boot und hältst Wache. Falls jemand auftaucht, gibst du sofort Bescheid. Außerdem kann Tim bei dir bleiben. Wir können ihn schlecht an Bord hieven.«

»Aber wir müssen wirklich sehr vorsichtig sein«, gab Richard zu bedenken. »Anne hat Recht, sie können eine Wache dagelassen haben.«

Und so kletterten Georg, Julius und Richard unter Annes besorgten Blicken tatsächlich die Leiter hinauf. Geschickt wie drei Äffchen stiegen sie über die Reling.

Tim zitterte am ganzen Körper. Anne sah, wie er die Muskeln anspannte. Wie schrecklich für ihn,

dass er nun nicht mehr alle vier im Blick hatte! Sie streichelte ihm über das weiche Fell. »Schon gut, Timmi, die drei kommen gleich wieder. Aber ich gebe dir Recht, sie sind ganz schön verrückt.«

Seufzend setzte sie sich wieder auf das Brett. »Aber wir beide müssen jetzt gut aufpassen, ob jemand kommt, hörst du?«

Und als hätte Tim sie verstanden, stellte er sich mit den Vorderpfoten auf die Reling und spitzte die Ohren.

Georg, Richard und Julius kletterten inzwischen

vorsichtig an Deck. Dort blieben sie zunächst einen Moment stehen und horchten. An Bord war alles gespenstisch still. Nur ein Metallseil schlug leise gegen eine Fahnenstange, und einige Möwen, die sich auf dem Führerhaus niedergelassen hatten, zankten sich um ein Stück Brot.

Georg machte den beiden Jungen ein Zeichen, ihr leise zu folgen. Schritt für Schritt schlichen sie über das Deck.

Alles sah aus wie auf einem ganz normalen Schiff. Taue lagen herum, Seekisten standen fest verankert in den Ecken. Nichts Auffälliges war zu erkennen. Aber aus welchem Grund lag das Schiff wohl verlassen da? Wo war die Besatzung? Und warum war das Schiff hier in dieser Gegend?

Langsam wurden die drei mutiger, denn es schien tatsächlich außer ihnen niemand an Bord zu sein.

»Da ist die Ladeluke«, flüsterte Georg. »Versuchen wir es dort.«

Aber ein kräftiger Zug am Griff sagte ihnen, dass die Luke fest verschlossen war.

»Da ist ein Gitter!«, rief Richard. »Vielleicht kann man was sehen.«

Alle drei ließen sich auf die Knie nieder und spähten durch die Eisenstäbe, die in den Boden eingelassen waren. Doch dort unten war es finster. Da nur wenige Sonnenstrahlen durch das Gitter drangen, konnte man nicht erkennen, ob im Laderaum etwas gelagert war.

»Hm, hier riecht's aber komisch«, stellte Julius fest. »Leckere Gewürze oder Lebensmittel lagern die da unten nicht.«

Richard richtete sich auf. »Eher Maschinen oder so. Riecht wie in einem Motor.«

Georg zuckte die Schultern. »Vielleicht ist da unten ja auch der Maschinenraum. Ich kenn mich mit solchen Schiffen nicht aus.«

»Versuchen wir es mal da drüben«, schlug Richard vor. »Da geht es bestimmt zu den Kajüten.«

Eine steile Metallleiter führte einige Stufen hinab zu einer Tür aus hellem, poliertem Holz. Doch auch diese war verschlossen.

»Das hätten wir uns ja gleich denken können, dass die hier alles verriegeln, bevor sie das Schiff verlassen. Trotzdem komisch, dass sie keine Wache zurückgelassen haben«, sagte Richard.

»Vielleicht sind sie ja nur kurz weg«, meinte Julius. »Wir sollten uns lieber nicht so lange hier aufhalten.«

»Du hast Recht«, stimmte Richard zu. »Langsam wird es mir ein bisschen unheimlich.«

»Ihr seid aber wirklich Memmen«, rief Georg spöttisch, als im selben Moment ein lautes Gekreisch losbrach. Ein großer Schatten verdunkelte die Sonne, als stieße ein riesiger Flugsaurier auf sie hinab. Erschrocken fuhren die drei zusammen und Georg schrie auf. Das Herz schlug ihnen bis zum Hals, und trotz der Hitze meinten sie, das Blut müsse ihnen in den Adern gefrieren.

Georg fand als Erste die Sprache wieder. »W-w-was war das?«, stammelte sie.

Doch als sie sich der Sonne zuwandten, von wo der große Schatten auf sie fiel, mussten sie lachen.

»Wir sind wirklich Memmen!«, rief Julius, denn nichts anderes als eine fette Katze war es gewesen, die auf das Dach des Führerhauses gesprungen war, um den Möwen das Brot abspenstig zu machen. Durch den Einfallswinkel der Sonnenstrahlen war ihr Schatten so riesig gewesen. Die Möwen waren unter lautem Gekreische davongestoben und nun hockte die grau getigerte Katze kauend da und beäugte die Freunde mit misstrauischem Blick.

Georg zeigte mit dem Finger auf das fette Tier. »Also haben sie doch eine Wache dagelassen. Und einen ordentlichen Schrecken hat sie uns ja auch eingejagt.«

Julius stellte sich auf die Zehenspitzen, um das Tier besser sehen zu können, und beschattete die Augen mit der Hand. »Ich finde, das Vieh sieht wirklich zum Fürchten aus. Kein Wunder, dass die Möwen so schnell das Weite gesucht haben.«

Plötzlich hörten sie Anne aufgeregt rufen und Tim stimmte mit lautem Gebell ein. Sofort stürzten die drei zur Reling.

Anne wedelte wild mit dem Ruder. »Schnell, schnell! Da drüben! Sie sind schon ganz nah!«

»Verdammt!«, fluchte Georg und stieg als Erste über die Reling, dicht gefolgt von Richard. Hastig kletterten sie die Leiter hinab, wobei Richard seiner Kusine auf die Finger trat.

»Kannst du nicht aufpassen!« Georg sprang mit einem Satz ins heftig schaukelnde Boot und rieb sich die schmerzenden Finger.

»Tut mir Leid«, zischte Richard, als er keuchend neben ihr landete.

»Wir müssen schnell weg hier«, jammerte Anne und stieß das Ruderboot von dem Kutter ab. »Sie kommen gleich um den Bug herum und dürfen uns nicht so nah an ihrem Schiff entdecken.«

Doch Julius stand noch oben an der Reling!

Georg spürte, wie ihr das Blut in den Schläfen pochte. »Mist, wir können nicht mehr auf Julius warten.«

Aber Julius hatte die Lage erfasst und machte ihnen ein Zeichen. »Fahrt dort hinüber, nach achtern!«, rief er, so laut er es wagte, und zeigte zum Heck des Schiffes.

Und im selben Moment, in dem das fremde Ruderboot um den Bug kam, waren die Kinder mit ihrem Boot um das Heck verschwunden, wo Julius sich gerade an der Kette eines Lasten-Hebekrans hinunterhangelte und dann mit einem Satz ins Boot sprang.

Georg und Richard ruderten, was die Arme hergaben, um möglichst schnell Distanz zum Schiff zu gewinnen. Anne schnappte sich die Angel und warf sie aus.

Wenn die Besatzung des Schiffes, nachdem sie wieder an Deck war, einen Blick über die Reling geworfen hätte, dann hätte sie nur eine Gruppe von Kindern friedlich in einem grünen Ruderboot sitzen und angeln sehen.

»Es tut mir Leid, ich habe sie so spät entdeckt«, entschuldigte sich Anne leise. »Sie kamen gar nicht vom Ufer herüber, sondern von der anderen Seite.«

»Macht nichts«, tröstete Julius. »Alles ist ja gut gegangen. Vielleicht war die Aktion auch eine Schnapsidee. Schließlich wissen wir immer noch nicht, was es mit diesem Schiff auf sich hat.«

»Aber es war ein Abenteuer.« Georg grinste.

»Sag mal, Julius«, fragte plötzlich Anne. »Was hast du denn da an deinem Schuh?«

Julius hob den rechten Fuß an. Schwarze Flecken waren an der Sohle und an der Seite des Schuhs.

»Ich weiß auch nicht«, antwortete Julius. »Da, wo der Lastenkran ist, war auf dem Boden jede Menge von dem Zeug.«

»Tja«, sagte Georg. »Dann viel Spaß beim Schuheputzen. Und jetzt sieh zu, dass du hier nicht alles voll schmierst.«

Schwarze Flecke

Tante Fanny klatschte vor Begeisterung in die Hände, als sie die beiden großen Makrelen im Eimer sah. »Das sind ja echte Prachtexemplare. Alle Achtung, davon werden wir alle satt. Seid doch so lieb und nehmt sie gleich aus.«

»Klar, Tante Fanny, machen wir«, antwortete Julius und verschwand mit Richard hinter dem Schuppen, wo es eine Wasserstelle gab.

Die Kinder hatten echtes Anglerglück gehabt und die beiden Makrelen kurz hintereinander aus dem Wasser geholt. Natürlich hatten sie dabei die ganze Zeit über das Schiff nicht aus den Augen gelassen.

Nachdem die Männer an Bord gegangen waren, hatte es ein lautes Geschimpfe und Gezeter gegeben, und die fette Katze war in einem Riesensatz vom Führerhaus gesprungen und übers Deck gejagt worden.

Die Freunde hatten einen großen Bärtigen mit breiten Schultern erkannt, der an die Reling gelehnt mit einem langen Dünnen diskutierte, der überhaupt nicht aussah wie ein Seemann.

Die anderen hatten sie nicht genauer erkennen können, denn sie hielten sich weiter von der Reling entfernt auf. Offenbar bestand die Besatzung aus fünf Männern.

Die Kinder im Boot waren überhaupt nicht beachtet worden, und als die Freunde schließlich, zufrieden mit ihrem Fang, die Angel wieder verstauten und Kurs auf das Ufer nahmen, lag das Schiff noch an Ort und Stelle. Die Mannschaft hatte offenbar nicht vor, den Anker zu lichten.

Da stand für Georg der Plan bereits fest, am nächsten Morgen zu überprüfen, ob das Schiff noch da war. Aber davon sagte sie den anderen erst einmal nichts.

Anne war ihren Brüdern hinter den Schuppen gefolgt und betrachtete skeptisch Julius' Schuh. »Los, Julius, zieh mal deinen Schuh aus, ich will versuchen, den Fleck zu entfernen.«

Julius warf seiner Schwester einen fragenden Blick zu. »Soll ich das nicht lieber selber machen? Obwohl ich Schuheputzen hasse.«

Anne zuckte die Schultern. »Also wenn ich ehrlich bin, finde ich Fischeausnehmen noch unangenehmer. Ich bin froh, dass ich *das* nicht machen muss. Eine Hand wäscht die andere, denn essen möchte ich die Makrelen schließlich gern.«

Aber sosehr Anne sich auch bemühte, der Fleck auf Julius' Schuh wollte nicht verschwinden. Nicht einmal mit Seifenlauge und Wurzelbürste war ihm beizukommen.

Anne zeigte Georg den Schuh. »So ein Jammer, die Schuhe sind noch ziemlich neu. Ich habe keine Ahnung, wie man das runterkriegen soll.«

Georg runzelte die Stirn. »Versuchen wir es mit Terpentin. Wo das steht, weiß ich ja nun.« Sie grinste.

Nachdem Anne mit einem alten, mit dem Lösungsmittel getränkten Lappen heftig auf dem Fleck herumgerieben hatte, wurde er zumindest deutlich blasser, wenn er auch nicht völlig verschwand.

»Merkwürdiges Zeug«, meinte Georg. »Wie Teer oder so etwas.«

Anne rümpfte die Nase. »Meine Finger stinken jetzt auch danach. Und nach Terpentin. Ich bringe Julius den Schuh zurück und dann wasch ich mir erst einmal gründlich die Hände.«

»Viel Spaß«, sagte Georg seufzend, denn sie

wusste, dass Anne den Geruch nicht so schnell von den Fingern kriegen würde. Außerdem fragte sie sich, was es mit diesem schwarzen Zeug auf sich hatte. Ob die Seeleute damit etwas abgedichtet hatten und die Masse war noch nicht richtig getrocknet?

Georg klatschte sich auf den Oberschenkel. »Komm, Tim, und wir beide schauen, ob wir Mutter helfen können. Ich höre sie schon mit dem Geschirr klappern. Sie deckt den Tisch auf der Terrasse. Wir grillen gleich, freust du dich?«

Natürlich freute Tim sich. Er wich den ganzen Abend nicht vom Grill, von dem so wunderbare Düfte nach Makrelen aufstiegen, die sie mit frischen Thymianzweigen gefüllt hatten. Er wusste schließlich, dass er ein Häppchen abkriegen würde.

So verbrachten sie einen vergnüglichen Abend im Garten, genossen das leckere Essen und hatten die Tatsache, dass sie nur knapp der peinlichen Entdeckung an Bord des rätselhaften Schiffes entgangen waren, bald vergessen.

Erst viel später, als die Kinder zu Bett gingen und Georg und Anne noch einmal aus dem Fenster aufs

Meer hinausblickten, kamen ihnen die Bilder wieder in den Sinn.

»Ob das Schiff noch dort liegt?«, fragte Georg.

»Ich sehe kein Positionslicht«, stellte Anne fest.

»Könnte man sowieso nicht«, meinte Georg. »Von hier aus gesehen, haben sie hinter den Klippen am Ausgang der Bucht geankert.«

»Ich bin auf jeden Fall heilfroh, dass uns die Männer nicht entdeckt haben«, erwiderte Anne. »Besonders vertrauenerweckend sahen sie nicht aus.«

»Hm«, machte Georg nachdenklich. »Sag mal, was hast du vorhin gesagt, aus welcher Richtung kam das Beiboot zum Schiff zurück?«

Anne überlegte einen Moment und zuckte die Schultern. »Ich habe immer Richtung Hafen geschaut und von da kamen sie mit Sicherheit nicht. Es sah eher so aus, als wären sie von der anderen Seite der Bucht gekommen.«

Georg schwieg. Sie hatte keine Ahnung, was das bedeuten könnte. Wenn man vor der Küste ankert, um zum Beispiel Verpflegung an Bord zu nehmen oder einfach einen Ausflug zu machen, dann nimmt man doch normalerweise Kurs auf den Hafen, um dort an Land zu gehen, dachte sie. Irgendetwas stimmte da nicht. Jetzt war sie erst recht entschlossen nachzusehen, ob das Schiff immer noch vor Anker lag.

Anne gingen andere Gedanken durch den Kopf. Wenn auch am Abend zuvor ihre Fantasie mit ihr durchgegangen war, so wusste sie nun, dass das Schiff dort draußen vor der Küste überhaupt kein Geisterschiff war und dass sie es keineswegs mit Gespenstern zu tun hatten, sondern mit Menschen aus Fleisch und Blut. Aber dennoch: *Unheiliges Volk*, das konnten genauso gut Menschen sein, die Böses im Sinn hatten. Und das beruhigte sie keineswegs.

»Ich hoffe, dass dieses blöde Schiff mit der fetten Katze genauso einfach wieder verschwindet, wie es aufgetaucht ist«, flüsterte Anne.

Georg konnte ihre Kusine verstehen, aber auf der anderen Seite witterte sie ein neues Abenteuer. Also sagte sie nur ausweichend: »Puh, ich hoffe, ich kann heute Nacht schlafen, ich habe nämlich eigentlich viel zu viel gegessen. Aber der Fisch war einfach zu lecker.«

»Prima Idee!«, rief Julius am nächsten Morgen, als Georg vorschlug, sie könnten sich auf der Felseninsel ein kleines Baumhaus bauen.

»Ich meine so einen kleinen Ausguck«, erklärte Georg.

»Aber von dem Turm der Ruine hat man doch den besten Ausblick«, wandte Anne ein. »Wozu brauchen wir noch einen Ausguck?«

Georg winkte ab. »Der Turm wird immer baufälliger. Irgendwann ist es zu gefährlich hinaufzusteigen. Außerdem hätte man in unserem Baumhaus ein Dach über dem Kopf.«

»Ganz abgesehen davon macht es einfach Spaß, ein Baumhaus zu bauen.« Richard rieb sich die Hände. »Lasst uns einen Plan machen und überlegen, was wir dazu alles brauchen.«

»Ein bisschen Holz werden wir auf der Insel finden, aber es wird nicht reichen«, erklärte Georg. »Hinterm Schuppen sind noch ein paar alte Bretter, die wir sicher nehmen dürfen.«

»Und jede Menge Werkzeug brauchen wir«, sagte Julius. »Hammer, Nägel, Zange und noch einiges mehr.«

Die Mutter legte die Stirn in Falten, als Georg ihr

von den Plänen erzählte und fragte, ob sie die Bretter nehmen dürften. »Schade, ich hatte gehofft, dass ihr mich zum Markt begleitet. Nun, dann muss ich wohl allein gehen.«

»Ich könnte dich begleiten, Tante Fanny«, sagte Anne, die es liebte, sich auf dem Markt all die bunten Stände anzusehen. Das frische Obst und Gemüse, die bunten Blumen und die Marktschreier, die lauthals ihre Waren feilboten – das alles fand sie einfach zu herrlich. »Die anderen können die Vorbereitungen genauso gut ohne mich treffen, und bis wir uns auf den Weg zur Insel machen, sind wir beide doch sicher wieder da.«

Die anderen waren einverstanden. Anne würde ihre Tante zum Markt begleiten und ihr beim Einkaufen helfen, während Georg und die Jungen Baumaterial und Werkzeug zusammensuchten und im Boot verstauten.

Der Wochenmarkt befand sich unterhalb des Ortes direkt am Hafen, wo die bunten kleinen Fischkutter dicht an dicht im Wasser schaukelten. Unter den farbigen Stoffdächern boten die Marktleute ihre Waren feil. Während es im oberen Teil Obst und Gemüse zu kaufen gab, hatten die Fischer ihre Buden direkt am Wasser aufgebaut. Hier kabbelten sich auch dutzende von Möwen krächzend um die besten Fischabfälle.

Der Markt war gut besucht. Hier traf man sich zum Einkaufen und um ein Pläuschchen zu halten. Auch Tante Fanny blieb hier und da stehen, um sich mit den Leuten zu unterhalten.

Ein alter Seemann mit wettergegerbtem Gesicht stand mit seinem Schifferklavier an der Mole und schmetterte Seemannslieder, während sich die vor ihm liegende Mütze langsam mit Münzen füllte.

Anne blieb einen Moment stehen und lauschte der Musik. Weiter hinten auf dem Steg sah sie den alten Roger sitzen und Reiherenten füttern. Sie genoss die herrliche Stimmung, die bunten Farben, die vielen Gerüche, das Stimmengemurmel und das Rufen der Marktschreier, die den Möwen echte Konkurrenz machten.

Schon bald hatten sich die Einkaufskörbe mit allerlei frischen Sachen gefüllt, als Tante Fanny feststellte: »Jetzt brauchen wir nur noch Eier, Anne. Ich hoffe, dein Korb wird dir nicht zu schwer?«

»Nein, es geht schon«, versicherte Anne.

»Unten an der Mole gibt es die besten Eier«, erklärte ihre Tante. »Die Frau vom Fischer Hansen füttert ihre Hühner nur mit bestem Getreide. Das schmeckt man.«

Doch am Stand vom Fischer Hansen traf Tante Fanny noch eine Nachbarin, die Zeit für ein Pläuschchen hatte, und so stellte Anne den Korb, der ihr nun doch allmählich etwas zu schwer wurde, neben den von Tante Fanny, schlenderte zur Mole und setzte sich auf die schwere Eisenkette, die hier als Abgrenzung gespannt war.

Ein riesiger Pulk Enten hatte sich mittlerweile

um den alten Roger versammelt, mitten in dem Gewimmel stiegen kleine Wölkchen aus seiner Pfeife zum Himmel.

Plötzlich fiel Annes Blick auf ein größeres dunkelbraunes Ruderboot, das zwischen den kleinen Kuttern angelegt hatte. *Seeschwalbe* stand in weißen Lettern auf dem Bug. Das Beiboot!, dachte Anne. Also muss die *Seeschwalbe* immer noch vor der Küste vor Anker liegen!

Sie stand auf und ging zurück zu Tante Fanny. Nun wollte sie am liebsten so schnell wie möglich zu Georg und den Brüdern, um ihnen die Neuigkeit zu überbringen. Doch Tante Fanny war immer noch in das Gespräch vertieft. Die Nachbarin hatte zu berichten, dass die Frau des Bürgermeisters im Krankenhaus lag, und erzählte deren Krankengeschichte in allen Einzelheiten.

Nervös trat Anne von einem Fuß auf den anderen, als sie plötzlich stutzte. Direkt vor sich entdeckte sie ein Paar braune Lederstiefel, an deren Absätzen die gleichen schwarzen Flecke waren wie an Julius' Schuh.

Instinktiv rückte Anne ein Stück näher an Tante Fanny heran. Vor ihr stand der dünne Mann vom

Schiff! Sie erkannte ihn genau, obwohl er ihr den Rücken zudrehte. Gerade nahm er an einem der Stände ein Paket entgegen, klemmte es sich unter den Arm und wandte sich zum Gehen.

Schnell senkte Anne den Blick und beobachtete ihn aus den Augenwinkeln, als er an ihr vorbeiging und auf die Mole zusteuerte. In seinem rechten Ohr trug er einen goldenen Ohrring und an seinem Kinn prangte eine tiefe Narbe. Anne schüttelte sich. Dieser Kerl war ihr absolut unheimlich. Sie zuckte heftig zusammen, als Tante Fanny ihr plötzlich auf die Schulter tippte.

»Anne, was ist denn? Du machst ja ein Gesicht, als hättest du eine Erscheinung gehabt«, sagte sie. »Wollen wir gehen?«

Anne errötete und griff nach dem Einkaufskorb. »Entschuldige, Tante Fanny, ich war gerade in Gedanken.«

Georg ruderte aufgeregt mit den Armen. »Da bist du ja endlich!«

Anne war ziemlich außer Atem, als sie beim Boot ankam, das die anderen bereits mit allerhand Baumaterial und Werkzeug beladen hatten. Sie hatten

Anne daheim einen Zettel aufs Büfett gelegt, um ihr mitzuteilen, dass alles für die Abfahrt bereit sei und sie schnellstens zum Strand kommen solle.

Anne drückte sich die Hand auf die Brust. »Es ging leider nicht eher. Puh, nun bin ich aber außer Puste.«

»Hopp, fass mit an, wir ziehen das Boot ins Wasser«, forderte Julius sie auf. »Dann stechen wir in See und du kannst dich unterwegs ausruhen.«

Doch Anne gönnte sich keine lange Ruhepause. Kaum schaukelte das Boot durch die Brandung, da berichtete sie ihren Brüdern und Georg, was sie auf dem Markt entdeckt hatte. »Ein unheimlicher Typ ist das, sag ich euch. Obwohl er mir ja nichts getan hat, lief mir eine Gänsehaut über den Rücken, als er an mir vorbeiging.«

Georg schlug sich mit der Faust in die hohle Hand. »Dann ist das Schiff also tatsächlich noch vor der Küste. Ich möchte doch zu gerne wissen, was die hier treiben.«

Doch nun galt es erst einmal, das Material auf die Insel zu schaffen und einen geeigneten Platz für das Baumhaus zu suchen.

Auf der Felseninsel gab es nur wenige Bäume,

die auch nicht besonders groß waren. Nur drei von ihnen eigneten sich überhaupt für ein Baumhaus. Alle anderen waren entweder zu klein oder zu dünn. Die Wahl war schnell getroffen.

»Wir nehmen die alte Kiefer da«, sagte Georg. »Sie liegt günstig direkt unterhalb der beiden Türme.«

»Ja, von dort haben wir einen guten Blick über die Insel«, stellte Richard fest. »Zumindest Richtung Meer. Außerdem hat sie schöne ausladende Äste.«

»Geradezu einladend für ein Baumhaus!«, rief Julius. »Dass wir auf die Idee nicht schon viel früher gekommen sind.«

Anne seufzte. »Aber es wird mühsam, das ganze Material hier heraufzuschaffen.«

»Also los!«, rief Georg. »Worauf warten wir noch.«

Die vier kamen tüchtig ins Schwitzen, als sie ein ums andere Mal den schmalen Pfad zwischen den Felsen hinaufstiegen, während Tim sich die Zeit damit vertrieb, die neuesten Gerüche zu erschnüffeln. *Zeitung lesen,* nannte Georg das spaßeshalber.

Als der Bretterhaufen und die Werkzeuge endlich unter der alten Kiefer lagen, hockten sich die

Freunde erst einmal in den Schatten des Baumes, um zu verschnaufen. Zum Glück hatten sie daran gedacht, reichlich Wasser und Saft mitzunehmen.

Georg, die sich an den rauen Stamm der Kiefer gelehnt hatte, betrachtete skeptisch den Bretterstapel. »Leider wird das Holz nicht reichen. So viel steht schon mal fest.«

Richard blinzelte in die grellen Sonnenstrahlen, die vereinzelt durch die Äste der Kiefer drangen. »Wir könnten am Strand nach Strandgut suchen. Vielleicht ist was Brauchbares dabei.«

Wie auf das Stichwort hörten sie in diesem Moment ein lautes Bellen.

»Tim!«, rief Georg. »Wo steckt er überhaupt?«

Julius sprang auf die Füße. »Das Bellen kommt vom Strand. Vielleicht hat Tim ja schon was Interessantes gefunden.«

»Klingt, als rege er sich über irgendetwas fürchterlich auf«, meinte Richard. »Kommt, sehen wir nach!«

Im Laufschritt machten die Kinder sich auf den Weg zum Strand. Das Bellen führte sie geradewegs zur westlichen Seite der Insel, an der sie bei ihrem letzten Besuch die Feuerstelle gefunden hatten.

Und genau dort stand Tim und kläffte wie ein Wilder.

Georg tätschelte ihm den Rücken, um ihn zu beruhigen. »Ist ja gut, Tim. Was ist denn los?«

»Mensch, Georg, siehst du denn nicht, was Tim uns sagen will?«, rief Julius empört. »Die Feuerstelle!«

Jetzt sahen es die anderen auch. Aus den verkohlten Resten stiegen winzig kleine Rauchfäden auf. Hier hatte vor kurzer Zeit wieder jemand ein Feuer gemacht!

Raue See

Diesmal blieb Georg nicht so ruhig wie beim letzten Mal und die Zornesröte stieg ihr ins Gesicht. »Verdammt, ich möchte zu gern wissen, wer sich hier ständig auf unserer Insel herumtreibt. Langsam habe ich die Nase voll. Dies ist doch kein Vergnügungspark!«

Jedenfalls nicht für andere Leute, ergänzte Julius in Gedanken. Er mochte sich auch nicht damit abfinden, dass andere die Insel zu ihrem Lieblingsort erkoren hatten. Anne zuckte die Schultern und streichelte Tim, der sich inzwischen beruhigt hatte. »Nun, wir werden sicher in den nächsten Tagen oft hier auf der Felseninsel sein, wenn wir an unserem Baumhaus arbeiten. Vielleicht bekommen wir dann mit, wer unsere Gäste sind.«

»Kann sein«, brummte Georg. »Aber das Feuer lässt wohl eher darauf schließen, dass sie abends herkommen. Und ich glaube kaum, dass meine Eltern uns erlauben werden, bis zum Einbruch der Dunkelheit auf der Insel zu bleiben.«

»Warten wir es ab«, meinte Julius. »Und jetzt

lasst uns endlich mit unserem Baumhaus anfangen.«

Auf dem Rückweg zur alten Kiefer machte Georg ein verkniffenes Gesicht, und Julius ahnte, welche Gedanken ihr durch den Kopf gingen. Am liebsten würde sie jetzt wohl überall auf der Insel Schilder aufstellen: *Privatbesitz – Betreten verboten!*

Auch später ertappte er sie dabei, dass sie ganz und gar nicht bei der Sache war, denn ihr Blick schweifte immer wieder ab Richtung Westufer. Freiwillig hockte sie sich in den Baum und nahm die Bretter an, denn von dort aus hatte sie eine bessere Aussicht. Doch sie war so unkonzentriert, dass sie sich mehrmals fast mit dem Hammer auf den Finger schlug. Deshalb nahm ihr Julius das Werkzeug schließlich aus der Hand.

»Lass mal, ich mach jetzt weiter«, sagte er und duldete keinen Widerspruch.

Richard, der ebenfalls bemerkt hatte, wie angespannt Georg war, fasste sie am Arm und sagte: »Du brauchst keine Angst zu haben, dass wir hier oben irgendetwas verpassen. Tim hält Wache und würde sofort anschlagen, wenn sich am Strand etwas tut. Und zu ihm hast du doch wohl Vertrauen, oder?«

»Du hast Recht.« Georg sprang aus der Kiefer. Leicht federnd landete sie im Gras.

Doch Tim schlug kein einziges Mal an. Er stromerte in aller Ruhe über die Insel und schnüffelte. Nichts passierte.

Die Freunde wussten nicht, ob sie sich darüber freuen sollten oder nicht.

Als die Sonne schließlich im Westen wie eine überreife Apfelsine über dem Meer hing und das Wasser orangerot zum Leuchten brachte, war es an der Zeit, das Werkzeug zusammenzupacken. Der Boden des Baumhauses war fertig geworden, außerdem eine kleine Leiter, die sie aus dicken Aststücken und Stricken zusammengebunden hatten.

»Lasst uns die Kiste mit dem Werkzeug hier irgendwo verstecken«, schlug Richard vor. »Dann brauchen wir sie nicht immer hin- und herzuschleppen.«

»Gute Idee!«, pflichtete Georg bei. »Das Holz können wir getrost hier unter dem Baum liegen lassen.«

»Am besten, wir bringen die Kiste in die Ruine«,

sagte Julius. »Da steht sie geschützt und außerdem findet sie da so schnell keiner.«

Diese Äußerung brachte den Kindern wieder die ungebetenen Gäste in Erinnerung und eine Weile sagte keiner etwas. Schweigend packten sie Hammer, Säge und die anderen Dinge zusammen. Dann trugen die beiden Jungen die schwere Holzkiste in die Ruine und stellten sie in den Raum, den sie sich vor langer Zeit ein wenig hergerichtet hatten. Inzwischen aber war alles wieder zugewuchert, und im Gemäuer hatten sich viele Steine gelöst, sodass es nicht ungefährlich war, sich in diesem Raum aufzuhalten.

Wieder schimpften die Dohlen, die sich in ihrem Revier gestört fühlten. Julius grinste. »So wie die Dohlen uns als Eindringlinge empfinden, geht es uns mit den Leuten, die am Strand Feuer gemacht haben.«

Richard gab der Kiste mit dem Fuß einen Schubs, sodass sie hinter einem kleinen Mauervorsprung verschwand. »Falls wir die Leutchen mal zu sehen kriegen, sollten wir vielleicht genauso schimpfen wie unsere gefiederten Freunde.«

In diesem Moment stieß einer der Rabenvögel

auf die Jungen herab und schoss krächzend an ihnen vorbei.

Julius und Richard erschraken, aber ihnen war klar, dass der Vogel sie nur warnen wollte: Haut ab, wir dulden niemanden in der Nähe unserer Nester!

»Gefiederte *Freunde* ist gut«, kommentierte Julius. »Aber komm jetzt lieber, damit die Dohlen wieder zur Ruhe kommen.«

Georg und Anne hatten schon den Proviant zusammengepackt und waren vorausgegangen. Die Jungen trafen sie am Strand, wo sie den wunderschönen orangefarbenen Himmel bestaunten, über den nun kleine Wölkchen hinwegzogen.

»Schade, dass man von dieser Seite der Insel aus den Sonnenuntergang nicht sehen kann«, sagte Georg.

Richard knuffte sie gegen den Arm. »Das hat auch sein Gutes, du könntest dich nämlich sonst sicher nicht losreißen. Wir sind so schon spät genug dran.«

»Genau!«, bestätigte Anne. »Es wird wirklich allerhöchste Zeit. Wir wollen doch nicht riskieren, dass Onkel Quentin wieder schimpft und uns womöglich allen vieren Stubenarrest verpasst.«

»Also los!«, rief Georg. »Legen wir uns ordentlich ins Zeug, dann holen wir die verlorene Zeit schon wieder rein.«

Anne, die mit dem Rücken nach vorn im Bug des Bootes saß, sang ein Lied und klatschte in die Hände, um ihre Brüder beim Rudern anzufeuern.

»Etwas langsamer, kleine Schwester«, keuchte Richard. »Wir sind doch hier nicht auf einer Sklavengaleere.«

Anne lachte und klatschte jetzt extra schnell. »Hopp-hopp-hopp, keine Müdigkeit vorschützen, liebe Brüder!«

Doch als sie sich schon ein ganzes Stück weit von der Insel entfernt hatten und das Ufer bereits zum Greifen nahe war, hielt sie plötzlich inne und blickte angestrengt zur Felseninsel. »Du lieber Himmel, was ist denn dort los?«

Ein riesiger Pulk von Vögeln hing wie eine schwarze Gewitterwolke über der Ruine.

»Das sind nur die Dohlen!«, sagte Georg.

»Was mag sie wohl so aufgeregt haben?«, fragte Julius.

»Vielleicht verabschieden sie so den Tag«, meinte Anne. »So als Sonnenuntergangsritual.«

Georg grinste. »Was in deinem Kopf immer so vor sich geht, liebe Anne.«

»Nein, nein«, sagte Julius und warf Richard vielsagende Blicke zu. »Vorhin haben sie schon Alarm geschlagen, nur weil wir die Kiste in der Ruine versteckt haben.«

»Aber bei dem Theater, das sie jetzt machen«, sagte Richard, »muss schon irgendwas anderes los sein, worüber sie sich noch mehr aufregen.«

Georg seufzte. »Das kann doch wohl nur bedeuten, dass die ungebetenen Gäste wieder auf der

Insel sind. Dann sind wir also ein bisschen zu früh abgehauen. So ein Mist.«

»Vielleicht haben die ja extra gewartet, bis wir weg waren«, meinte Richard.

Anne kriegte eine Gänsehaut bei dem Gedanken, dass sie womöglich die ganze Zeit über beobachtet worden waren.

»Ich frage mich, was die da machen.« Julius blinzelte in die Ferne. »Die Dohlen wären doch nicht so in Aufruhr, wenn die Leute einfach nur am Strand sitzen und ein Feuerchen anzünden.«

Georg schlug mit der Faust auf die Reling und sprang auf. »Ich würde am liebsten umkehren und mir die Typen vorknöpfen!«

Aber Julius schüttelte entschieden den Kopf. »Vergiss es, Georg. Wir kriegen den schlimmsten Ärger mit deinem Vater, wenn wir uns jetzt nicht beeilen, und dann dürfen wir erst mal gar nicht mehr zur Insel.«

»Aber ich kann es nicht dulden, wenn jemand auf unserer Insel Unfrieden stiftet!«, schimpfte Georg.

Anne legte ihr beschwichtigend die Hand auf den Arm. »Sei vernünftig, Georg. Das muss bis morgen warten. Schau nur, die Dohlen haben sich auch schon wieder beruhigt.«

Zähneknirschend fügte sich Georg und setzte sich mit entschlossener Miene wieder auf die Bank.

Anne sah ihre Kusine an und beschloss, heute Nacht nicht so fest zu schlafen, sondern lieber die Ohren zu spitzen. Georg mit ihrem Dickkopf war einiges zuzutrauen. Sogar dass sie sich mitten in der Nacht heimlich auf den Weg zur Insel machte. Georg wirkte wie ein Vulkan vor dem Ausbruch.

Und mit ihrer Befürchtung lag Anne gar nicht so falsch. Spätabends stand Georg wieder im Dunkeln vor dem Fenster und spähte hinaus in die Nacht.

»Willst du nicht endlich schlafen gehen?«, flüsterte Anne.

»Ja, ja«, antwortete Georg gereizt. »Aber gleich morgen in aller Frühe will ich wieder hinüber zur Insel. Ich sage dir, da geht etwas nicht mit rechten Dingen zu. Das habe ich im Gefühl.«

Anne erwiderte: »Dann solltest du dich erst recht schlafen legen, damit du morgen ausgeschlafen bist.«

Daraufhin kroch Georg unter ihre Decke, und sobald sich Tim auf dem Bettvorleger zusammengekringelt hatte, schlief sie ein. Beruhigt hörte Anne ihr regelmäßiges Atmen.

Am nächsten Morgen explodierte der Vulkan. Georg war auf hundertachtzig. Wie geplant war sie in aller Frühe aus dem Bett gesprungen und hatte festgestellt, dass über Nacht ein Sturm aufgekommen war, der ein Übersetzen zur Felseninsel unmöglich machte.

»Aber Georg, warum regst du dich denn so auf?«, fragte ihre Mutter. »Es ist doch nicht so schlimm, wenn ihr mal einen Tag nicht an eurem Baumhaus arbeiten könnt. Du wirst sehen, morgen hat sich der Sturm wieder gelegt. Der Wind kommt von West, er wird so schnell verschwinden, wie er gekommen ist. Du kennst das doch. Und nun setz dich bitte zu uns an den Frühstückstisch.«

Aber Georg dachte nicht daran, sondern lief trotzig aus dem Zimmer.

Wie gut, dass Onkel Quentin schon früh am Morgen zu einer Dienstreise aufgebrochen ist, dachte Anne. Sonst hätte es bestimmt Ärger gegeben. Tante Fanny war nachsichtiger. Und vor allem kannte sie ihre Tochter sehr gut. Sie wusste, dass man sie in solchen Situationen am besten in Ruhe ließ. Dann kriegte sie sich schnell wieder ein.

»Das kann doch nun wirklich nicht so schlimm sein, dass ihr heute nicht zur Insel könnt, oder?« Tante Fanny hob die Arme zu einer hilflosen Geste.

Julius legte ihr beschwichtigend die Hand auf den Unterarm. »Lass nur, du kennst doch Georg. Sie macht sich halt Sorgen, dass unser Häuschen bei dem Sturm aus dem Baum gefegt wird.« Den wahren Grund für Georgs Wut verschwieg er ihr natürlich.

»Besser gesagt das, was von dem Haus bis jetzt existiert«, ergänzte Richard.

Als die Kinder das Frühstück beendet hatten, erwartete Georg sie oben in ihrem Zimmer. Von ihrer schlechten Stimmung war nichts mehr zu spüren.

»Passt auf, ich habe einen Plan«, zischte sie. »Auch wenn wir heute nicht zur Insel können, so möchte ich doch wenigstens wissen, ob dieses Schiff noch vor der Küste liegt.«

Richard wandte ein: »Wenn wir nicht zur Insel rudern können, dann können wir auch nicht zum Schiff.«

»Doch!«, rief Georg. »Über die Küstenstraße. Von den Klippen aus müssten wir das Schiff sehen können, wenn es immer noch da liegt, wo es war.«

»Du willst bei dem Wind mit dem Rad über die Küstenstraße fahren?«, rief Anne entsetzt. »Ohne mich! Das ist mir zu anstrengend.«

Aber Georg winkte ab. »Keine Sorge. Wir nehmen einfach den Bus. Ein Stück die Küste hinauf liegt unterhalb der Klippen ein kleines Fischerdorf. Kurz nach halb fährt der Bus dorthin von der Hauptstraße ab.«

Julius blickte auf die Uhr. »Wenn wir uns beeilen, schaffen wir es noch. Dann aber los!«

Die Freunde erreichten den Bus in letzter Minute. Kaum hatten sie sich auf den Sitzen niedergelassen, steuerte der Fahrer auf die Küstenstraße zu.

Auf der linken Seite fielen steil die Felsen ab, und als der Bus, vom Wind gepackt, die Straße entlangschaukelte, spürte Anne, wie ihr der Schweiß ausbrach. Sie bemühte sich, ruhig zu atmen und nicht aus dem Fenster zum Meer hinabzuschauen.

Zum Glück dauerte die Fahrt nicht lange, denn das Ende der Felsenbucht hatten sie schnell erreicht. Erleichtert sah Anne, wie Georg sich an den

Busfahrer wandte und ihn bat, sie in einer Kurve noch vor dem Dorf aussteigen zu lassen.

Der Wind fegte ihr die Haare ins Gesicht, als sie aus dem Bus stieg, und Anne ärgerte sich, dass sie es schon wieder nicht mit einem Haarband zusammengebunden hatte. In der Eile hatte sie nicht daran gedacht. Sie beschloss, sich zukünftig immer ein Haarband in die Hosentasche zu stecken.

Der Bus stieß eine stinkende Qualmwolke aus, als er seine Fahrt fortsetzte.

Auf der linken Seite der Straße türmten sich bereits Felsen auf, und Georg zeigte auf einen kleinen Pfad, der sich zwischen den großen Steinen entlangschlängelte.

»Dort entlang!«, rief sie, doch der Wind schluckte ihre Worte.

Schon bald ging es steil bergab. Die Freunde mussten sich gut an den Felsen abstützen und sorgfältig darauf achten, wohin sie die Füße setzten. Nur Tim sprang mit Leichtigkeit durch das Felsenlabyrinth.

Kleine dottergelbe Blütenteppiche wurden vom Wind gepeitscht und einige Möwen tanzten über den Köpfen der Freunde kreischend im Wind.

Erst als sie die Klippen ein Stück hinabgeklettert waren, wurde es ruhiger, denn hier befanden sie sich im Windschatten. Weiter rechts sahen sie das kleine Fischerdorf, das wie ein Schwalbennest am Fuße der Klippen zu kleben schien.

Julius, der vorausgelaufen war, blieb plötzlich stehen und hockte sich auf einen Felsbrocken. Er machte den anderen ein Zeichen, dass sie kommen sollten.

Julius wies in die Bucht hinunter. »Wir haben Pech. Das Schiff ist fort.«

»Wieso Pech?«, fragte Anne, der es bei dem Gedanken an den dünnen Mann mit dem Ohrring immer noch gruselte. »Da können wir doch froh sein.«

»He, Georg, wo willst du denn hin?«, rief Richard, als er sah, dass seine Kusine weiter hinunterkletterte, als hätte sie nicht gehört, was Julius soeben gesagt hatte. Auch jetzt drehte sie sich nicht um, sondern kletterte einfach weiter.

Julius zuckte die Schultern. »Keine Ahnung, was sie vorhat. Wir sollten ihr wohl besser folgen.«

Anne seufzte und riskierte einen Blick nach oben. Das ganze Stück mussten sie nachher wieder hinaufklettern! Am liebsten wäre sie hier sitzen geblieben und hätte gesagt: »Holt mich auf dem Rückweg wieder ab.« Aber dann biss sie die Zähne zusammen und folgte tapfer ihren Brüdern.

Julius sah sich besorgt um. »Geht's, Anne?«

»Klar!«, rief Anne gespielt fröhlich. Dabei war ihr zum Heulen zumute. Aber sie wollte sich keine Blöße geben.

Endlich erreichten sie Georg. Sie hockte hinter einem Felsvorsprung und machte ihnen wilde Zeichen, sich zu ducken und leise zu sein.

»Da unten!«, zischte sie.

Richard, Julius und Anne spähten über den Felsen. Ihnen stockte der Atem. Da unten lag das Schiff dicht hinter einem riesigen, vorgelagerten Felsen, der spitz aus dem Wasser ragte. Das Schiff schaukelte heftig im Wind.

»Ich wusste, dass es noch da ist!«, keuchte Georg. »Mein Gespür lässt mich nie im Stich.«

»Sie haben das Schiff an eine geschützte Stelle manövriert, wo es kaum zu entdecken ist«, stellte Richard fest. »Weder von der Küstenstraße noch vom Meer aus.«

Georg nickte. »Ganz schön gefährliche Sache,

sag ich euch. Da unten wimmelt es von spitzen Felsen, die sich durch die Schiffswände bohren würden wie durch Butter. Die müssen sich hier gut auskennen.«

Sie nahm ihren Rucksack vom Rücken und zog ein großes Fernglas heraus.

»He, wo hast du denn das her?«, fragte Julius. »Ist das etwa deins?«

Georg grinste. »Es gehört meinem Dad. Ich hab es aus seinem Arbeitszimmer gemopst.«

Anne wusste, dass es ihnen allen streng verboten war, dieses Zimmer zu betreten, wenn der Onkel nicht da war. Sie riss die Augen auf. »Bist du verrückt? Wenn er das rauskriegt, ist der Teufel los!«

»Beruhige dich«, erwiderte Georg. »Wenn er heimkommt, habe ich es längst wieder an Ort und Stelle gelegt.«

»Und?«, fragte Julius. »Kannst du etwas erkennen?«

»Die Ketten von dem Lastenkran baumeln runter und schlagen heftig gegen den Rumpf«, sagte Georg. »Ganz schön blöd bei dem Wind.«

Tatsächlich trug der Wind sogar ein leises Klirren bis zu ihrem Versteck hinauf.

»Außerdem ist das Beiboot nicht da«, fügte Georg hinzu.

Anne verschränkte die Arme vor der Brust. »Ich hoffe, ihr habt jetzt nicht vor, hier zu warten, bis es wiederkommt.«

Sie blickte in die Gesichter der anderen und verstand sofort. »Ihr wollt darauf warten!«

Da ergab sie sich in ihr Schicksal und kroch hinter einen Felsen, wo sie absolut geschützt saß. Am liebsten wäre sie sofort wieder hinaufgeklettert und hätte an der Küstenstraße auf den nächsten Bus gewartet. Wie gern würde sie jetzt bei Tante Fanny im Felsenhaus sitzen und mit ihr Tee trinken! Bei dem Gedanken lief ihr das Wasser im Mund zusammen, und sie bekam Hunger, obwohl das Frühstück noch nicht lange her war. Sie fragte sich, wie Georg es so lange aushielt, die ja nicht gefrühstückt hatte.

Aber die anderen drei schienen wild entschlossen zu sein, hier auszuharren, bis sich bei dem Schiff etwas tat.

»Ich sehe die fette Katze«, flüsterte Georg. »Die Möwen kreisen um das Schiff, als würden sie sich nicht trauen zu landen, solange das Vieh an Deck ist.«

»Kein Wunder«, meinte Richard. »Ich finde diese Katze auch Angst einflößend.«

»Wie das ganze Schiff«, fügte Anne hinzu. Sie begann, in Gedanken Gedichte aufzusagen, um sich die Zeit zu vertreiben. Nach einer Weile fielen ihr keine Gedichte mehr ein. Sie begann, von hundert rückwärts zu zählen. Bei null angekommen, zählte sie wieder bis hundert. Schließlich gab sie es auf und schaute nur noch den Möwen zu, die immer noch im Wind tanzten. Das lenkte sie davon ab, dass ihr allmählich die Beine einschliefen.

Doch endlich hörte sie den erlösenden Satz.

»Da kommen sie!«, zischte Georg und starrte angestrengt durch das Fernglas.

Jetzt wurde auch Anne neugierig und lehnte sich über Richards Schulter. So konnte sie gerade über die Felskante blicken.

Tatsächlich, klein wie eine Nussschale, schaukelte das Beiboot der *Seeschwalbe* durch die aufgewühlte See und steuerte auf sein Mutterschiff zu. Die Männer mussten sich mächtig anstrengen, das kleine Boot durch die hohen Wellen zu manövrieren, die von den Felsen zurückgeworfen wurden.

»Riskante Sache«, kommentierte Georg, während die Freunde gebannt zusahen. Sie hielten die Luft an, als das Boot mehrere Male durch die Felsen gewirbelt wurde und auf das Schiff zuschoss. Doch schließlich schafften es die Männer, nach der Leiter zu greifen, das Beiboot zu befestigen und an Bord zu klettern.

Die Freunde atmeten auf.

»Tja, und dafür haben wir jetzt die ganze Zeit hier gehockt?«, fragte Anne enttäuscht. »Was war daran denn so verdächtig?«

Georg rümpfte die Nase. »Immerhin stellt sich die Frage, warum die Männer bei solchem Seegang mit dem Beiboot hinausgefahren sind.«

»Außerdem sieht es ganz so aus, als hätten sie etwas abgeladen«, sagte Richard. »Denkt mal an die Ketten des Lastenkrans. Fragt sich, was sie abgeladen und wohin sie es gebracht haben.«

»Sie kamen aus der Bucht«, sagte Anne nachdenklich.

»Tja, im Moment können wir wohl nichts ausrichten«, meinte Richard und räkelte sich wie eine Katze. »Meine Glieder sind schon ganz steif. Ich habe keine Lust, hier weiter auf der Lauer zu liegen.«

Auch Julius kroch aus seinem Beobachtungsposten. »Richard hat Recht. Wir haben hier lange genug gehockt. Und wenn ich bedenke, dass wir den ganzen Weg wieder hinaufklettern müssen …«

Aber Georg winkte ab. »Das brauchen wir nicht. Wir gehen noch ein Stück weiter runter und können dann am Strand entlang bis zu dem Fischerdorf laufen. Von da nehmen wir wieder den Bus.«

Erleichtert nahm Anne die Nachricht zur Kenntnis. Allerdings war es nicht ganz unbeschwerlich, das letzte Stück bis zum Wasser hinunterzulaufen. Außerdem mussten sie aufpassen, vom Schiff aus nicht gesehen zu werden.

Auch der Weg am Wasser entlang war anstrengend. Immer wieder mussten sie über Felsen klettern oder darum herumlaufen. So dauerte es schließlich viel länger, als sie gedacht hatten, bis sie das kleine Fischerdorf erreichten. Im Laufschritt legten sie das letzte Stück bis zur Haltestelle zurück.

Georg sah auf die Uhr. »Mist, der Bus ist gerade weg.«

Keuchend studierte Julius den Fahrplan. »Der nächste Bus fährt erst in zwei Stunden. Da können wir ja fast genauso gut nach Hause laufen.«

»Oh nein!«, rief Anne. »Das schaffe ich nie im Leben. Mir tut jetzt schon alles weh.«

Richard legte Anne den Arm um die Schultern. »Ich finde auch, dass wir lieber warten sollten. Hier gibt es doch sicher ein Gasthaus, wo wir so lange was trinken können.«

Direkt am kleinen Hafen fanden sie eine Gaststätte. Als sie eintraten, wurden sie neugierig von ein paar alten Fischern beäugt.

Die Wirtin, eine rundliche Frau im gestreiften Kleid, grüßte die Kinder freundlich und fragte nach ihren Wünschen.

Die Freunde bestellten Limonade, und Georg, deren Magen inzwischen ein lautes Knurren zum Besten gab, fragte nach einem Käsebrot.

Die Wirtin lachte. »So hungrig wie ihr alle vier ausschaut, schmiere ich lieber gleich mehrere!«

Schließlich brachte sie nicht nur die Limo und einen Teller voll Brote mit Schinken und Käse, sondern auch noch eine Schüssel Wasser für Tim, der sich gierig darüber hermachte.

»Das ist aber sehr nett von Ihnen.« Georg freute sich immer, wenn es Menschen gut mit ihrem Tim meinten.

Die Wirtin wischte sich die Hände an ihrer Schürze ab. »Und jetzt lasst es euch schmecken.«

Mit großem Appetit bissen die Kinder in die leckeren Brote, als Richard plötzlich aufhorchte. Er hatte ein paar Fetzen aus dem Gespräch der alten Fischer aufgeschnappt, die ihn hellhörig werden ließen.

Unter den erstaunten Blicken der anderen ging Richard zu den Männern und sprach sie an. »Entschuldigen Sie. Sprachen Sie gerade über das Schiff, das hier seit einigen Tagen vor Anker liegt?«

Plötzlich packte einer der Fischer Richard am Arm und zog ihn zu sich heran. »Was hast du mit diesem Pack zu schaffen?«, brüllte er.

Sofort kam die Wirtin um die Theke gestürzt, um Richard zu helfen. »Lass gut sein, Bill, beruhige dich.«

Sofort ließ der Mann Richard los, blickte ihn aber weiter feindselig an.

»Du gehst jetzt besser nach Hause, Bill«, sagte die Wirtin mit ruhiger Stimme.

Daraufhin nahm der Fischer seine Mütze und verließ das Lokal.

Die Wirtin seufzte. »Du musst schon entschuldi-

gen, Junge. Der alte Bill ist ein wenig wirr im Kopf, weißt du. Ständig faselt er etwas von einem Geisterschiff und nun ist auch noch sein Hund krank geworden.«

»Ja«, fiel ihr einer der anderen Männer ins Wort und lachte laut auf. »Bill behauptet, die Geister vom Schiff hätten seinen Hund verflucht.«

»Ich weiß auch nicht, was er mit dem Schiff hat«, fuhr nun ein weiterer fort. »Wir haben das Schiff auch gesehen. Ein ganz normaler Kutter. Und jetzt ist es sowieso weg.«

Georg seufzte, als die Freunde etwas später bezahlten und die Gaststätte verließen. »Tja, leider wissen sie nicht, dass das Schiff doch noch da ist.«

»Auf jeden Fall scheinen wir nicht die Einzigen zu sein, denen dieses Schiff unheimlich ist«, stellte Julius fest.

»Aber der Typ ist wirr im Kopf, das habt ihr doch gehört«, wandte Richard ein.

Anne kamen sofort wieder die Worte des alten Roger in den Sinn. Dieser Bill war genauso ein Spökenkieker wie er. »Übrigens, da kommt unser Bus«, sagte sie.

Diesmal achtete Anne darauf, auf der Seite zu sitzen, die zum Landesinneren wies. Denn nachdem der Bus sich in engen Serpentinen vom Fischerdorf hinauf auf die Küstenstraße gequält hatte, schaukelte er noch heftiger als auf dem Hinweg.

Schließlich erreichte der Bus die Haltestelle an der Hauptstraße, doch zum Entsetzen der Kinder hielt er nicht an.

»Entschuldigung«, sagte Georg zu dem Fahrer. »Sie haben vergessen, an der Hauptstraße zu halten.«

»Hab ich nicht«, knurrte der Fahrer. »Auf dieser Tour hält der Bus nicht an jeder Haltestelle.«

»Könnten Sie nicht trotzdem anhalten, bitte?«, bettelte Georg.

Aber der Fahrer schüttelte den Kopf. »Ihr müsst bis zum Marktplatz mitfahren. Außerdem ist es verboten, während der Fahrt mit dem Fahrer zu sprechen.«

»Aber dann müssen wir den ganzen Weg zurücklaufen!«, protestierte Georg.

»Das ist nicht mein Problem.« Der Fahrer schob sich die Schirmmütze zurecht. Das sollte heißen: Ende der Diskussion.

»Mist!«, fluchte Georg, als sie auf dem Marktplatz aus dem Bus sprangen.

»Beeilen wir uns lieber«, rief Julius. »Wir waren lange fort und haben deiner Mutter nicht gesagt, wo wir hinwollen.«

Doch Georg ging etwas ganz anderes durch den Kopf, als sie sich halb laufend, halb rennend auf den Heimweg machten. Und als die fünf das Haus erreichten, bestätigten sich ihre Befürchtungen. Neben dem Haus stand das Auto. Ihr Vater war bereits heimgekommen und Georg hatte das Fernglas noch nicht zurückgebracht!

Was der alte Mann erzählt

»Ich muss mich schon sehr wundern«, sagte Onkel Quentin, als sie alle zusammen am Tisch saßen. Tante Fanny hatte Tee gemacht und ofenfrische Scones standen dampfend auf dem Tisch. Er nahm sich eins der Gebäckstücke und bestrich es mit Zitronenbutter, während die Kinder nur an ihrem Tee nippten. »Da seid ihr den ganzen Tag unterwegs gewesen und habt rein gar nichts zu erzählen?«

Georg warf ihrer Mutter einen dankbaren Blick zu. Als ihr Vater heimgekommen war und gefragt hatte, wo die Kinder stecken, hatte sie ihm erzählt, dass sie einen Ausflug machten. Doch sie habe nicht recht hingehört und wisse daher nicht, wohin sie wollten. Dabei war Tante Fanny bereits unruhig gewesen, weil die fünf so lange fort gewesen waren.

Die Mutter seufzte. »Und rechten Appetit scheint ihr auch nicht zu haben, wie ich sehe.«

Doch den Freunden ging etwas ganz anderes durch den Kopf. Wie sollten sie das Fernglas wieder ins Arbeitszimmer bringen, ohne dass Onkel Quentin es mitbekam? Denn offenbar hatte er noch nicht bemerkt, dass es sich nicht an Ort und Stelle befand.

»Tja, wenn ihr nichts zu erzählen habt, dann ist es auch nicht zu ändern.« Georgs Vater schob sich den letzten Bissen in den Mund. »Ich werde mich dann mal in mein Zimmer zurückziehen und arbeiten.«

Georg standen Schweißperlen auf der Stirn. Hilfe suchend warf sie den anderen flehende Blicke zu.

Julius war es, der den rettenden Einfall hatte. »Ach, ehe ich es vergesse, Onkel Quentin. Als wir vorhin heimkamen, sah es so aus, als hättest du das Licht an deinem Auto brennen lassen. Vielleicht solltest du das kontrollieren, bevor die Batterie leer läuft.«

Onkel Quentin putzte sich mit der Serviette den Mund ab und erhob sich. »Danke, mein Junge, ich werde sofort nachsehen.«

Kaum hatte ihr Vater den Raum verlassen, sprang Georg auf, um ihren Rucksack zu holen.

Die Mutter blickte ihr verdutzt hinterher, aber Anne erfasste die Situation sofort und ließ ihrer

Tante gar keine Gelegenheit, Fragen zu stellen. Sie verwickelte sie sofort in ein Gespräch und nahm sich sogar ein Scone, obwohl sie gar keinen Hunger hatte, und fragte Tante Fanny nach dem Rezept.

Georg hielt die Luft an, als sie in das Arbeitszimmer schlich. Sie musste quer durch den Raum laufen und sich dabei tief bücken, denn sonst hätte ihr Vater sie von der Einfahrt her sehen können.

Der hatte festgestellt, dass Julius sich offenbar geirrt hatte, und kehrte ins Haus zurück. Im selben Moment sah er Georg aus seinem Arbeitszimmer kommen.

»Georg, was hattest du in meinem Zimmer zu suchen?«, schimpfte er. »Du weißt doch …«

Georg hob beide Hände. »Sorry, Vater«, fiel sie ihm ins Wort. »Ich hatte so ein Klappern gehört. Da wollte ich mich nur schnell vergewissern, dass das Fenster zu ist. Man weiß ja nie … Bei dem Wind …«

Er runzelte die Stirn. »Sehr merkwürdig. Erst soll an meinem Auto das Licht brennen, dann in meinem Zimmer das Fenster offen sein …«

»Nein, nein!«, rief Georg. »Das Fenster ist nicht offen. Das Klappern muss von woanders gekommen sein.«

Der Vater schüttelte den Kopf und verschwand, ohne ein weiteres Wort zu verlieren, in seinem Zimmer. Das erleichterte Aufatmen seiner Tochter konnte er nicht mehr hören.

Doch später am Abend hörte Georg, wie ihr Vater die Tür abschloss, nachdem er sein Arbeitszimmer verlassen hatte.

Georg setzte eine entschlossene Miene auf. »Ich will wissen, wo die Kerle waren! Was war so wichtig, dass sie sich bei solchem Sturm mit dem Beiboot hinausgewagt haben?«

Es war noch sehr früh am Morgen und Georg hatte sich soeben eine Ladung eiskaltes Wasser ins Gesicht geklatscht.

Verschlafen warf Anne einen Blick aus dem Fenster. Das Wetter hatte sich beruhigt, genau wie von Tante Fanny vorausgesagt. Nur noch wenige Wolken zogen langsam über den blauen Himmel.

»Komm«, rief Georg. »Schmeißen wir die Jungs aus dem Bett! Und dann nichts wie los. Gleich als Erstes rudern wir zur Insel und schauen dort endlich nach dem Rechten.«

»Oh, ihr wollt gleich zur Felseninsel?«, fragte die

Mutter enttäuscht, als Georg ihr beim Frühstück erzählte, was die Freunde vorhatten. »Ich hatte gehofft, ihr könntet einige Botengänge für mich erledigen.«

»Kein Problem, Tante Fanny«, sagte Julius. »Wir erledigen das gern für dich und fahren dann später zur Insel hinüber.«

Georg warf ihm einen zornigen Blick zu, den Julius unter dem Tisch mit einem leichten Tritt vors Schienbein beantwortete. Tante Fanny hatte ihnen schließlich gestern aus der Patsche geholfen. Wie konnten sie ihr da eine Bitte abschlagen!

»Mensch, Georg, ohne deine Mutter wären Ausflüge aller Art für uns heute gestrichen«, sagte Julius vorwurfsvoll, als sie sich schließlich mit den Rädern auf den Weg in den Ort machten.

Georg schluckte ihren Ärger runter. »Hast ja Recht. Aber beeilen wir uns lieber ein bisschen. Wohin müssen wir eigentlich?«

»Zur Post, zum Kaufmann und zum Bürgermeister«, zählte Anne auf. Sie hatte von ihrer Tante die Liste entgegengenommen.

»Zum Bürgermeister?«, fragte Georg verdutzt.

Anne lachte. »Ja, nur einen Brief abgeben.«

Zum Glück wehte heute nur ein laues Lüftchen, sodass sie den Ort im Nu erreicht und die Aufgaben schnell erledigt hatten. Nur den Brief mussten sie noch abgeben.

Anne und Georg stiegen die Treppe zu dem großen weißen Haus hinauf, das oberhalb des Hafens lag, und klingelten an der Tür. Die Haushälterin öffnete, nahm den Brief entgegen und bedankte sich, indem sie den Mädchen eine Dose mit Keksen hinhielt.

»Dürfen wir für meine beiden Brüder auch welche nehmen?«, fragte Anne.

Die Haushälterin runzelte die Stirn. »Deine Brüder?«

»Ja«, sagte Anne und wandte sich um. »Julius und Richard, sie stehen… Nanu, wo sind sie denn geblieben?«

Die Haushälterin lachte. »Soso, deine beiden Brüder. Ich verstehe. Nehmt euch ruhig jede zwei Kekse. Ist schon recht.«

Anne war es peinlich, dass die Frau nun annahm, sie wollte sich auf diese Weise einen Extrakeks ergaunern. Mit hochrotem Kopf kehrte sie mit Georg zurück zu den Rädern.

»Ich hab die beiden entdeckt!«, rief Georg. »Schau nur, sie sitzen da unten auf der Kaimauer beim alten Roger.«

Anne hatte eigentlich wenig Lust, dem alten Mann zu begegnen. Seine Geschichten waren ihr unheimlich. Aber sie folgte ihrer Kusine, wenn auch in einigem Abstand.

»Ganz schöner Wind gestern, nicht wahr, Roger?«, sagte Julius.

Der alte Mann nickte und schenkte ihm ein zahnloses Lächeln.

»Wo es gestern so geblasen hat, da bist du sicher nicht hier am Hafen gewesen, oder?«

Roger tat entrüstet. »Aber sicher war ich hier! So ein bisschen Gepuste macht doch dem alten Roger nichts aus!«

Julius grinste zufrieden. »Sag mal, bei solch einem Wind ist aber doch sicher hier im Hafen nicht viel los, oder? Ich meine, es legen dann doch bestimmt keine Boote an.«

Der alte Mann schüttelte entschieden den Kopf. »Hast Recht, Junge. Nur ein kleiner Fischkutter ist reingekommen. Sonst kein einziges Boot.«

Jetzt wurde Georg hellhörig. »Auch nicht am

Mittag?«, fragte sie. »Oder hat am frühen Nachmittag ein Boot angelegt? Ein Ruderboot vielleicht?«

»Nein!«, antwortete Roger, jetzt ein wenig ungehalten. »Hab ich doch gesagt. Nur der Fischkutter. Und ich war den ganzen Tag hier bei meinen Freunden, den Vögeln.«

Georg drückte dem alten Mann ihre beiden Kekse in die Hand. »Schönen Tag noch, Roger. Lass es dir schmecken.«

»Fassen wir mal zusammen«, zischte Julius. »Die Männer kamen mit ihrem Boot gestern eindeutig aus der Bucht. Aber hier im Hafen waren sie nicht, wie Roger sagt.«

»Das legt eine Schlussfolgerung nahe«, fuhr Richard fort.

»Die waren auf unserer Insel!«, rief Anne.

Georg verzog das Gesicht. »Und sie waren bei dem Sturm sicher nicht dort, nur um am Strand ein Feuerchen zu machen.«

»Dort draußen tummelt sich so einiges unheilige Volk«, murmelte der alte Roger.

Anne lief ein Schauder über den Rücken.

Georg schwang sich auf ihr Fahrrad. »Los, Kinder, sehen wir zu, dass wir auf die Insel kommen!«

Alberta von der Felsenbucht hielt ihre Nase in den Wind, während sich das grüne Holzboot durch das Wasser schob. Die Bugwelle schwappte weit hinauf, denn die Jungen ruderten, so schnell sie es vermochten. Sie konnten es alle vier nicht erwarten, endlich auf der Insel nach dem Rechten zu sehen! Nicht einmal Proviant hatten sie noch eingepackt, sondern waren direkt vom Felsenhaus aufgebrochen, nachdem sie die Besorgungen abgeliefert hatten. Und Richard hatte vergessen, seine kurzen Hosen gegen lange zu tauschen, die auf der Insel mit ihrem dichten Brombeergestrüpp viel sinnvoller waren.

»Die Dohlen sind ganz ruhig«, stellte Anne mit einem Blick auf die Ruine fest.

Auch als sie die kleine Bucht im Osten erreicht und das Boot auf den Strand gezogen hatten, schien alles wie immer zu sein. Der Sand war von der Sonne aufgeheizt und Krebse krabbelten über den Strand. Keine Fußspuren waren zu sehen und auch sonst kein Zeichen dafür, dass hier jemand vor kurzem an Land gegangen war.

Es war klar, wohin der Weg sie als Erstes führen würde, nämlich zur Feuerstelle am Westufer.

Aber auch hier konnten sie nichts Verdächtiges entdecken.

Julius ging in die Hocke und hielt die Hand dicht über die Feuerstelle. »Absolut kalt. Hier hat in letzter Zeit niemand ein Feuer gemacht, so viel steht fest.«

Georg wandte sich zum Gehen. »Kommt, sehen wir mal nach, wie unser Baumhaus den heftigen Wind überstanden hat.«

Flink wie ein Wiesel spurtete sie den schmalen Pfad zur alten Kiefer hinauf. Die anderen konnten kaum folgen. Nur Tim hatte sie schnell eingeholt und lieferte sich mit ihr ein Wettrennen.

»Unsere Konstruktion hat sich bewährt«, stellte Georg zufrieden fest. »Nur der Holzstapel ist umgekippt und zwei Bretter haben sich ein bisschen gelöst. Aber die sind im Nu wieder festgenagelt.« Dann sprang sie behände auf die Plattform und ließ den Blick über die Insel wandern.

»Ich finde das alles sehr seltsam. Diese Männer müssen hier gewesen sein, aber was hatten sie hier zu suchen?«

Richard nickte. »Stimmt, sie waren hier. Und ich glaube kaum, dass sie bei diesem Wellengang nur zu ihrem Vergnügen durch die Bucht gerudert sind.«

Anne zuckte die Schultern. »Wirklich merkwürdig, das Ganze. Alles ist wie immer auf unserer Insel. Die Vögel zwitschern fröhlich, die Wellen rauschen leise. Selbst die Dohlen sind völlig friedlich und ruhig.«

Julius schüttelte den Kopf. »Ich kann mir auch keinen Reim darauf machen. Aber da wir schon mal hier sind, sollten wir an unserem Baumhaus weiterbauen. Was meint ihr?«

Georg sprang aus der alten Kiefer. »Klar. Also los, holen wir die Werkzeugkiste aus dem Versteck.«

»Ich gehe mit dir«, entschied Richard. »Dann können Julius und Anne schon mal das umgekippte Holz wieder stapeln, damit es uns nicht im Weg liegt.«

Im Nu waren die beiden in der Ruine verschwunden, während Tim eifrig seiner Lieblingsbeschäftigung nachging: Zeitung lesen.

»He, Tim, das kitzelt!«, rief Richard, als Tim ihm beim Schnüffeln mit dem Schwanz am nackten Bein entlangstrich. »Wir haben übrigens Glück. Die

Kiste steht noch genau da, wo Julius und ich sie abgestellt haben.«

Jeder ergriff eine Seite der Kiste. Gerade wollten sie sich auf den Rückweg machen, da begann Tim plötzlich, heftig zu schnüffeln, und fletschte die Zähne.

»Was ist, Tim, willst du den Dohlen jetzt heimzahlen, dass sie dir letztens einen Schrecken eingejagt haben?«, rief Georg lachend.

Aber Tim schien sie gar nicht zu bemerken. Seine Nackenhaare stellten sich auf und mit angelegten Ohren verfolgte er eine Spur.

Georg und Richard wechselten nur kurz einen Blick. Dann stellten sie die Kiste wieder ab und folgten dem Fährtenleser unauffällig.

Mit einem Mal spürte Georg, wie angespannt sie war. Eigentlich hatte sie nie Angst, wenn Tim bei ihr war, aber sie war trotzdem froh, Richard an ihrer Seite zu wissen.

Unvermittelt blieb Tim stehen und kläffte, als wollte er ein unsichtbares Gespenst verbellen.

»Siehst du was?«, flüsterte Georg.

Richard schüttelte den Kopf.

Zögernd näherten sich die beiden Tim bis auf

einen Meter, als Richard seine Kusine plötzlich am Arm packte. »Da!«, zischte er.

»Wo bleiben sie nur?«, wunderte sich Anne inzwischen. »Es kann doch nicht so lange dauern, diese Kiste zu holen, oder?«

»Nein«, erwiderte Julius. »Wir haben sie gleich im ersten Raum in eine Nische gestellt. Die beiden müssten längst zurück sein. Hoffentlich hat niemand das Werkzeug geklaut.«

In diesem Moment hörten sie Tims aufgeregtes Bellen.

»Da ist irgendwas nicht in Ordnung!«, rief Julius. »Ich sehe mal nach.«

»Ich komme natürlich mit!«, rief Anne. Ihr gruselte es bei dem Gedanken, allein zurückzubleiben.

»Komm schon!«, trieb Julius seine kleine Schwester an, die sich mächtig anstrengen musste, mit ihrem Bruder auf der Felsentreppe Schritt zu halten. Doch Tims Gebell, das jetzt immer aufgeregter klang, trieb sie zur Eile.

»Die Kiste steht hier!«, keuchte Julius außer Atem. »Sie müssen weitergelaufen sein!«

Die beiden horchten, aber Tim hatte aufgehört zu bellen.

»Georg, Richard, wo seid ihr?«, rief Anne.

»Wir sind hier drüben«, antwortete Georg sofort. »Direkt hinter dem Gebüsch.«

Tatsächlich, hinter einem riesigen Ginsterstrauch, gleich dort, wo die Freunde vor langer Zeit den Eingang zum Kerker entdeckt hatten, standen die beiden. Georgs Gesicht war vor Aufregung gerötet. Richard dagegen war kreidebleich.

»Was ist denn los?«, fragte Anne. »Warum hat Tim so gebellt?«

»Schaut nur!«, rief Georg und zeigte auf den Boden vor ihren Füßen.

»Das darf nicht wahr sein!«, rief Julius, als er mehrere große schwarze Flecke entdeckte. »Das ist ja das gleiche Zeug, das ich am Schuh hatte.«

»Das schwarze Zeug vom Schiff!«, rief Anne aufgebracht. »Wie kommt das hierher?«

Georg grinste. »Schlaumeier. Die Typen vom Schiff müssen hier gewesen sein!«

Anne runzelte die Stirn. »Das ist mir auch klar. Aber so riesige Flecke entstehen nicht, wenn das Zeug nur an den Schuhen klebt.«

Julius machte ein nachdenkliches Gesicht. »Das stimmt. Diese Schmiere – was auch immer es ist – muss irgendwo rausgeschwappt oder rausgetropft sein.«

Georg verzog das Gesicht. »Schweinerei!«

»Wir sollten mal im Kellerverlies nachsehen«, schlug Richard vor. »Vielleicht finden wir da des Rätsels Lösung. Seht nur, dort schnüffelt Tim auch so intensiv.«

»Im Werkzeugkasten ist eine Taschenlampe«, erinnerte sich Julius. »Ich hole sie rasch.«

»Und bring auch den Kuhfuß mit«, bat Georg. »Mit der Brechstange kriegen wir die Tür besser auf.«

Julius kam rasch zurück, in der einen Hand die Taschenlampe, in der anderen den Hammer. »In der Kiste war kein Kuhfuß«, sagte er. »Vielleicht ist uns aber der Hammer von Nutzen.«

Georg legte die Stirn in Falten. »Ich bin mir sicher, dass ich den Kuhfuß eingepackt hatte. Na ja, vielleicht liegt er noch unten beim Baumhaus.«

Zu ihrem großen Erstaunen war es kein Problem, die Tür zu öffnen. Zwar wucherten auch dort Efeu und Knöterich, aber man konnte deutlich erkennen, dass jemand die Tür vor kurzem geöffnet hatte.

»Ich glaube, wir sind auf der richtigen Spur«, flüsterte Richard, als sie alle vier im Gänsemarsch im finsteren Kellerverlies verschwanden. Julius lief mit der Lampe voraus und die anderen folgten ihm dicht auf den Fersen.

Anne wäre am liebsten draußen im hellen Sonnenschein geblieben, aber sie mochte nicht allein zurückbleiben. Kaum war sie durch die alte Holztür getreten, spürte sie eine Gänsehaut am ganzen Körper.

Zum Glück kannten sie sich hier unten gut aus, sodass keine Gefahr bestand, sich zu verirren. Die Befürchtung, jemand könnte die Tür schließen und sie hier einsperren, schob Anne von sich. Mit leichtem Grusel dachte sie daran, wie sie vor einiger Zeit in dem Geheimgang einer Burgruine eingesperrt gewesen waren. Aber außer ihnen war sicher niemand auf der Insel. Das hätte Tim bemerkt.

»Sagt mal, wo ist eigentlich Tim?«, fragte Anne.

Georg blieb so abrupt stehen, dass Anne ihr in den Rücken krachte. »Ist er nicht hinter uns?«

Anne, die im spärlichen Licht, das durch den Eingang fiel, kaum etwas erkennen konnte, schüttelte den Kopf. »Ich glaube nicht.«

»Tim!«, rief Georg und pfiff auf zwei Fingern. Der schrille Ton wurde von den Felswänden zurückgeworfen, dass den Kindern die Ohren sausten. Doch von Tim war nichts zu sehen. Plötzlich hörten sie ein leises Fiepen.

»Ich gehe zurück und sehe nach ihm«, sagte Georg entschlossen.

»Und ich komme mit«, entschied Anne.

»Okay«, zischte Julius. »Richard und ich suchen hier drinnen alles ab.«

Georg und Anne fassten sich bei der Hand und tasteten an der Wand entlang dem hellen Lichtschein entgegen.

»Na, so was!«, rief Anne, denn zu ihrem Erstaunen hockte Tim vor dem Eingang zum Kellerverlies. Er hatte sich die ganze Zeit nicht von der Stelle gerührt.

»Irgendetwas stimmt nicht mit Tim«, stellte Georg mit einem Blick fest. Sie ging neben ihrem Hund in die Hocke und streichelte ihm über das struppige Fell. Tim zitterte am ganzen Körper, und plötzlich warf er sich mit ausgestreckten Vorderpfoten Richtung Eingang auf den Boden und begann, heftig zu wimmern.

»Was hat er denn?«, fragte Anne besorgt.

Doch Georg war sofort klar, was Tim ihr mitteilen wollte. Sie sprang auf die Füße. »Anne, ich glaube, Tim will uns sagen, dass sich da im Kellerverlies was Schlimmes verbirgt!«

»Um Himmels willen, Georg!« Anne war kreidebleich geworden. »Wir müssen die Jungen warnen!« Doch im selben Moment wusste Anne, dass nichts und niemand sie dazu bewegen konnte, noch einmal in das Verlies zu gehen.

Gefährliche Entdeckung

Nachdem Julius und Richard dem Gang um mehrere Ecken herum gefolgt waren, machten sie in einer der Kammern eine Entdeckung.

»Da steht was!«, zischte Richard. »Leuchte mal!«

Julius hielt den Strahl der Taschenlampe direkt auf die Gegenstände, die sich in der Kammer verbargen. »Fässer! Richard, da stehen jede Menge Fässer! Das sind bestimmt zehn Stück, wenn nicht sogar mehr.«

Richard ging ein Stück näher. »Was mag da wohl drin sein? Und warum hat man sie hier versteckt?«

Plötzlich hörten sie die aufgeregten Stimmen der Mädchen durch den Gang hallen. Aber sie konnten nicht verstehen, was sie riefen.

»Wir haben was gefunden!«, rief Julius auf gut Glück zurück. »Kommt mal her!« Doch seine Stimme vermischte sich mit denen der Mädchen zu einem unverständlichen Wortsalat. Die Mädchen schienen ihn gar nicht gehört zu haben, sondern riefen weiter in das Kellerverlies hinein.

»Komm, sehen wir uns die Fässer mal genauer

an«, schlug Julius vor und wollte gerade einen Schritt in den Raum hineinmachen, als er plötzlich von hinten gepackt wurde.

»Halt! Geht da lieber nicht rein!« Georg war völlig außer Atem hinter ihnen aufgetaucht. So schnell sie sich in der Dunkelheit zu laufen traute, war sie den Gang entlanggeeilt, um die Jungen zu warnen.

»Da stehen doch nur ein paar Fässer!«, protestierte Richard.

»Aber es könnte eine giftige Substanz darin sein!«, sagte Georg. »Tim wird da draußen ganz verrückt. Er wittert Gefahr. Wir sollten lieber zusehen, dass wir hier rauskommen.«

»Moment noch!«, rief Julius. »Ich habe was entdeckt.« Er zeigte auf den Boden. Dort lag im Schein der Taschenlampe der Kuhfuß!

»Aha, die haben sich unser Werkzeug ausgeborgt«, stellte Richard fest.

»Da liegt noch was«, flüsterte Georg.

»Ich glaube, ein Schild oder so was.« Julius traute sich ein Stück näher. »Offenbar haben sie das mit dem Kuhfuß von einem der Fässer abgemacht.«

Er zog ein Taschentuch aus der Hosentasche, wickelte es sich zum Schutz um die Finger und streckte den Arm aus. Mit spitzen Fingern griff er nach dem Schild, drehte es um und hielt den Strahl der Taschenlampe darauf. »Altöl!«, rief er.

Dann richtete er den Lichtschein auf eines der Fässer. Man konnte sehen, wo das Schild befestigt gewesen war. »Verdammt! Die haben das Schild mit dem Kuhfuß abgebrochen und dabei das Fass beschädigt. Seht ihr? Das Öl dringt tropfenweise aus dem Fass.«

»Daher also die schwarzen Flecke!«, schlussfolgerte Georg.

»Aber wenn an einem Fass ein Schild war …«, begann Richard.

»… dann waren an den anderen sicher auch welche«, führte Julius den Satz zu Ende.

»Ja, bestimmt wollten sie die Schilder beseitigen, damit man nicht auf den ersten Blick erkennt, was darin ist«, vermutete Georg. »Nur dieses eine Schild haben sie auf dem Boden vergessen. Julius, siehst du, ob noch mehr Fässer beschädigt sind?«

»Einige scheinen heil zu sein, aber dort, aus drei, vier anderen tropft es auch. Dadrüben hat sich schon eine Lache gebildet. So eine Schweinerei!«

»Wir müssen was unternehmen, bevor noch mehr von diesem Zeug ausläuft!«, rief Georg. »Los jetzt! Der arme Tim bellt sich die Seele aus dem Leib. Bestimmt hat er den Geruch von dem Altöl in der Nase. Hoffentlich ist in den anderen Fässern nicht noch Schlimmeres.«

Als sie den Gang zurückeilten, hielt Julius den Schein der Lampe auf den Boden gerichtet. »Hier sind überall kleine Öllachen. Passt auf, dass ihr nicht hineintretet.«

Schließlich hatten sie den Eingang erreicht, und Tim begrüßte sie, als hätte er sie viele Jahre nicht gesehen.

»Gott sei Dank, da seid ihr ja!«, rief Anne erleichtert. »Ich konnte Tim kaum mehr halten und hab mir die größten Sorgen gemacht.«

»Stell dir vor, Anne, diese Halunken haben unsere schöne Felseninsel als Sondermülldeponie missbraucht!«, berichtete Georg außer Atem. »Wir müssen sofort etwas unternehmen, bevor es hier eine Umweltkatastrophe gibt.«

»Worauf warten wir noch!«, rief Julius und spurtete los. Dabei versetzte er der Werkzeugkiste auf dem Rückweg noch einen Tritt, um sie in die Nische zurückzubefördern. Dann eilten sie alle zu ihrem Ruderboot.

Anne war völlig erschöpft, als sie beim Felsenhaus ankamen. Dabei hatte sie nicht einmal rudern müssen. »Am liebsten würde ich mich sofort ins Bett fallen lassen«, stöhnte sie.

»Aber Anne, dazu ist jetzt nun wirklich keine Zeit«, rief Georg und rannte an ihr vorbei zum Arbeitszimmer ihres Vaters.

Und dann tat sie etwas, was ihr eigentlich streng verboten war: Sie stürmte in das Zimmer, ohne vorher anzuklopfen.

Zornig sprang ihr Vater auf. »Georgina, was zum Teufel soll das? Hab ich dir nicht tausendmal gesagt, du sollst anklopfen? Du störst mich bei einer komplizierten Berechnung!«

»Aber Vater, es ist sehr wichtig!« Sie sah ihn mit flehendem Blick an. »Du musst uns helfen!«

»Weißt du, was ich *muss*?«, erwiderte er streng. »Ich muss weiterarbeiten. Und du verschwindest jetzt. Aber dalli!«

Da mischte Julius sich ein. »Wirklich, Onkel Quentin, wir würden dich ganz sicher nicht bei deiner Arbeit stören, wenn es nicht furchtbar wichtig wäre. Es geht um die Felseninsel. Sie ist in Gefahr!«

»Die Felseninsel in Gefahr? Was soll denn das bedeuten?«

Georg sah ihn ernst an. »Vater, der Felseninsel droht eine Umweltkatastrophe. Wir müssen dringend etwas unternehmen.«

Er ließ sich auf der Tischkante nieder. »Eine Umweltkatastrophe? Na, das kann ich kaum glauben. Erzählt mal.«

Julius, Richard und Georg berichteten abwechselnd, was sie herausgefunden hatten. Sie erzählten von der *Seeschwalbe,* der Feuerstelle auf der Insel, den schwarzen Flecken und den Ölfässern.

Allerdings sagten sie nicht alles. Die *Seeschwalbe* sei ihnen bei ihrer Angeltour aufgefallen, behaupteten sie, was ja nicht unbedingt gelogen war. Dass sie an Bord des Schiffes gewesen waren, verschwiegen sie natürlich.

»Die Männer müssen die ersten Fässer schon vorgestern Abend auf die Felseninsel gebracht haben, denn die Dohlen waren in hellem Aufruhr«, erklärte Georg. »Aber gestern haben sie wohl den Rest hingebracht.«

Ihr Vater runzelte die Stirn. »Gestern? Aber Georg, weißt du, was gestern für ein Wind durch die Bucht gefegt ist?«

Sie stampfte mit dem Fuß auf. »Ja, das weiß ich, und das macht die Sache nur noch schlimmer. Wir haben gesehen, wie die Männer mit ihrem kleinen Beiboot zum Schiff zurückgekehrt sind. Stell dir vor, die Fässer wären bei dem Sturm über Bord gegangen! Es hätte eine Ölpest gegeben.«

»Die ganze Bucht wäre verseucht worden!«, fügte Julius hinzu.

Jetzt endlich wurde Georgs Vater hellhörig. »Ihr denkt wirklich, dass auf der Insel illegal Altöl entsorgt wird?«

Anne, die die ganze Zeit über nichts gesagt hatte, versicherte: »Wir haben die Fässer gesehen. Und ich dachte gleich, dass die Kerle nichts Gutes im Schilde führen. Sie sehen richtig gruselig aus.«

»Vater, bitte fahr mit uns zum Ende der Bucht!«, bat Georg. »Wir müssen doch schauen, ob die *Seeschwalbe* noch an ihrem Ankerplatz liegt, damit die Männer zur Rechenschaft gezogen werden können.«

Nun zögerte er nicht mehr, sondern griff nach

dem Autoschlüssel. »Also gut, ihr vier, sehen wir nach, was wir ausrichten können.«

»Vielleicht nimmst du besser das große Fernglas mit«, sagte Georg im Hinausgehen.

»Du hast Recht«, erwiderte ihr Vater und nahm das Glas aus der Schublade. »Es ist doch gut, wenn man immer weiß, wo die Dinge liegen, wenn man sie braucht.«

Georg grinste. »Übrigens sind wir fünf. Du willst doch wohl Tim nicht hierlassen, oder?«

Ihr Vater lachte und alle liefen zum Auto. Dann trat er ordentlich auf das Gaspedal und der Wagen schnurrte in Windeseile die Küstenstraße entlang. Schon bald hatten sie die Kurve oberhalb der Klippen erreicht.

»Halt! Hier ist es!«, rief Georg.

Ihr Vater suchte eine Stelle, an der er parken konnte, und schon sprangen die Freunde aus dem Auto und rannten so schnell den Klippenpfad hinab, dass er kaum folgen konnte.

Doch als sie die Stelle erreicht hatten, von der aus sie tags zuvor die *Seeschwalbe* beobachtet hatten, war von dem Schiff nichts mehr zu sehen. Nur die Möwen und Uferschwalben stoben durch die Luft und der Mauerpfeffer leuchtete gelb zwischen den Felsen.

»So ein Mist!«, schimpfte Georg.

»Das hätten wir uns ja gleich denken können«, sagte Julius. »Jetzt sind sie ihre gefährliche Fracht losgeworden, also sehen sie zu, dass sie von hier wegkommen.«

»Wir haben Pech gehabt, das Schiff ist fort«, sagte Georg, als ihr Vater die Kinder erreicht hatte. Die Enttäuschung sprach ihr aus der Stimme.

Er hob das Fernglas an die Augen und begann, den Horizont abzusuchen. Vielleicht waren sie ja noch nicht so weit gekommen?

Georg wurde ganz ungeduldig und hätte ihrem Vater am liebsten das Fernglas aus der Hand gerissen, um selbst nachzusehen, aber das wagte sie natürlich nicht.

»Nichts«, stellte er fest. »Die einzigen Schiffe, die ich ausmachen kann, sind ein Segelschiff Richtung Nordwest und ein winziger Fischkutter dicht dabei. Aber diese *Seeschwalbe* kann ich nirgendwo erkennen.«

Nachdenklich nahm er das Glas herunter. »Wenn eure Geschichte wirklich stimmt, dann sollten wir

die Küstenwache verständigen. Ihr könnt das Schiff doch sicher genau beschreiben?«

»Natürlich stimmt unsere Geschichte!«, rief Georg empört. »Und natürlich können wir die *Seeschwalbe* beschreiben.«

»Ganz in der Nähe ist eine Gaststätte«, sagte Richard. »Von dort aus können wir bestimmt telefonieren.«

Leider mussten sie diesmal den steilen und beschwerlichen Weg wieder hinaufklettern, denn oben wartete ja das Auto auf sie.

Mit quietschenden Reifen bremste Georgs Vater vor der Gaststätte, in der sie schon tags zuvor eingekehrt waren.

Die Wirtin wunderte sich, als sie die vier Freunde mit ihrem Hund wiedererkannte. »Nanu, ihr schon wieder? Was verschafft mir die Ehre?«

Mit einem Blick hatten die Freunde erfasst, dass dieselben Fischer an der Theke saßen, die gestern hier gewesen waren. Auch der alte Bill war da, der Richard beim Kragen gepackt hatte. Richard warf ihm einen feindseligen Blick zu. Der Alte drehte sich weg und starrte in sein Bierglas.

Aha, dachte Richard, sobald man einen Erwachsenen an seiner Seite hat, haben sie mehr Respekt vor einem.

Onkel Quentin zog den Hut. »Guten Tag. Dürfte ich bitte Ihr Telefon benutzen? Es ist sehr dringend.«

Die Wirtin, die gerade Gläser gespült hatte, trocknete sich die Hände an der Schürze ab. »Aber natürlich. Der Apparat ist gleich hier an der Seite.«

»Sagen Sie, haben Sie zufällig die Nummer der Küstenwache?«, erkundigte er sich.

Es entging den Freunden nicht, dass die Fischer

nun hellhörig wurden. Anscheinend fragten sie sich, was der Fremde wohl von der Küstenwache wollte.

»Natürlich.« Die Wirtin schlug ein kleines Telefonregister auf. »Gleich hier auf der ersten Seite steht sie, sehen Sie? Eine wichtige Nummer, wenn man so dicht am Hafen wohnt.«

Onkel Quentin wählte die Nummer und drehte den Gästen, die jetzt neugierig die Ohren spitzten, den Rücken zu. Ihre Gespräche verstummten, aber Onkel Quentin sprach so leise, dass sie nicht verstehen konnten, was er sagte.

»Wir sollen hier auf die Männer von der Küstenwache warten«, erklärte er den Kindern, als er schließlich aufgelegt hatte. »Sie haben euch einige Fragen zu stellen. Kommt, setzen wir uns dort drüben hin, da sind wir ungestört.« Er wies auf einen Tisch in einer Nische.

Den Freunden ging so allerlei durch den Kopf. Als Georgs Vater sich der Wirtin zuwandte, um das Telefongespräch zu bezahlen und für die Kinder Limonade und für sich selbst eine Tasse Kaffee zu bestellen, flitzten sie zum Tisch und nutzten die Gelegenheit, sich kurz abzusprechen.

Julius ergriff als Erster das Wort. »Wenn wir von den Beamten der Küstenwache befragt werden, dann dürfen wir uns nicht verplappern, kapiert?«, flüsterte er.

»Klar wie Kloßbrühe«, erwiderte Georg. »Von den schwarzen Flecken wissen wir auch erst seit heute, sonst müssten wir ja verraten, dass wir auf dem Schiff gewesen sind.«

»Psst, der Chef kommt!«, warnte Anne, die ihren Onkel herüberkommen sah. Doch sie sah noch etwas anderes. Der alte Bill hatte sich schwerfällig erhoben und kam wankenden Schrittes auf sie zu.

Mit glasigen Augen blickte er in die Runde. Sie wussten nicht, ob er zu tief ins Glas geschaut hatte oder ob es nur daran lag, dass er alt und leicht verwirrt war. Seine Stimme klang, als müsse er jedes Wort erst durchkauen, bevor er es aussprechen konnte. »Mir glaubt ja keiner«, sagte er. »Sie halten den alten Bill für verrückt, alle, die da sitzen. Aber ich hab ja gleich gesagt, die *Seeschwalbe* ist ein Geisterschiff. Bringt nur Unheil. Gestern war sie fort. Doch heute Nacht ist sie wiedergekommen. Der alte Bill hat die Irrlichter vor der Küste genau gesehen. Richtung Nordost ist sie gefahren und dann hat das Jenseits sie verschluckt.«

Er setzte seine alte Fischermütze wieder auf und verließ wankend das Lokal.

Onkel Quentin, der ja noch keine Bekanntschaft mit dem alten Fischer gemacht hatte, schaute fragend in die Runde.

»Hören Sie nicht auf den alten Bill«, rief die Wirtin vom Tresen herüber. »Der ist ein bisschen wirr im Kopf.«

Doch die Freunde warfen sich vielsagende Blicke zu. Die Wirtin hatte ja nicht gehört, dass der alte Seemann ihnen eben wertvolle Informationen geliefert hatte.

»Wie kann er wissen, dass es um die *Seeschwalbe* geht?«, fragte Onkel Quentin verdutzt. »Habe ich doch zu laut gesprochen?«

Richard winkte ab und erzählte, dass sie dem alten Fischer bereits am Vortag begegnet waren. »Gestern dachten alle, das Schiff sei schon auf und davon.«

»Aber wir wussten es besser!«, fügte Anne eifrig hinzu.

Onkel Quentin machte ein nachdenkliches Gesicht. »Sie haben sich also in den Klippen versteckt. Alle, die sie vorher gesehen hatten, sollten denken, sie seien fort. Und sobald sie ihre gefährliche Fracht losgeworden waren, sind sie bei Nacht und Nebel auf und davon. Ganz schön raffiniert.«

Zufrieden lehnte Georg sich mit verschränkten Armen zurück. »Aber sie haben ihre Rechnung ohne uns gemacht!«

In diesem Moment betraten vier Uniformierte das Lokal. Die Männer von der Küstenwache waren gekommen.

Die Insel ist gerettet!

Zwei der Männer hatten sich zu Onkel Quentin und den Kindern an den Tisch gesetzt. Der eine hatte graues Haar und einen Seehund-Schnauzbart, der andere war jünger und strohblond. Die anderen beiden waren an der Tür stehen geblieben und warteten offenbar auf weitere Anweisungen.

Abwechselnd berichteten die Freunde den beiden Beamten von dem Fund der Ölfässer und wie sie das sonderbare Schiff beobachtet hatten. »Einer der Fischer aus dem Dorf hat berichtet, dass die *Seeschwalbe* heute Nacht Richtung Nordost aufgebrochen ist«, schloss Richard den Bericht.

Der ältere Beamte kratzte sich am Kinn. »Das sind aber schwere Vorwürfe, die ihr da gegen die Besatzung der *Seeschwalbe* erhebt. Habt ihr dafür denn auch Beweise?«

Georg biss sich auf die Unterlippe. Wie gern hätte sie den Männern von den schwarzen Flecken an Bord der *Seeschwalbe* erzählt, aber das ging ja nicht.

»Nun, wir haben schließlich beobachtet, dass sie

bei heftigem Wind mit dem Beiboot unterwegs waren«, erklärte Julius. »Die Ketten des Lastenkrans waren hinabgelassen. Irgendetwas haben sie auf jeden Fall vom Schiff weggebracht. Es muss etwas gewesen sein, was sie schnell loswerden wollten, denn sonst hätten sie bestimmt gewartet, bis sich der Wind gelegt hat.«

»Möglich«, erwiderte der Strohblonde. »Doch das ist kein Beweis, dass es die Ölfässer waren.«

Georg nickte. »Das stimmt. Aber dass sie das Schiff an einer so gefährlichen Stelle in den Klippen versteckt haben, ist doch verdächtig. Es lässt darauf schließen, dass sie etwas zu verbergen hatten, meinen Sie nicht auch?«

»Sicher, junger Mann«, antwortete der Ältere. »Aber all das kann eine ganz einfache Erklärung haben. Wir werden erst einmal ein Boot zu eurer Insel schicken, bevor wir mit dem Schnellboot auslaufen, um das Schiff zu suchen…«

Georg freute sich, dass der Mann sie für einen Jungen gehalten hatte, aber jetzt riss ihr der Geduldsfaden. »Hören Sie, je mehr Zeit Sie hier vertrödeln, desto mehr Vorsprung haben diese Gauner, die vielleicht bald unsere ganze Insel vergiften!«

Der Vater warf ihr einen warnenden Blick zu. Ihr Ton gegenüber den Erwachsenen gefiel ihm ganz und gar nicht. »Entschuldigung«, versuchte er zu vermitteln. »Sie können sicher sein, dass die Kinder die Besatzung des Schiffes nicht aus Spaß verdächtigen.«

Anne, die dem Gespräch die ganze Zeit schweigend gefolgt war, fiel plötzlich etwas Wichtiges ein. »Die schwarzen Flecke!«, rief sie. »Die Ölflecke!«

Die anderen drei warfen ihr warnende Blicke zu und Julius versetzte ihr unter dem Tisch einen vorsichtigen Tritt. Anne wollte doch wohl nicht verraten, dass sie an Bord des Schiffes gewesen waren?

Aber ihre Sorge war unbegründet. »Uns ist das Schiff doch bei unserer Angeltour aufgefallen«, erklärte Anne. »Schließlich dümpelte es schon einige Tage in der Nähe der Bucht herum. Zwei der Männer an Deck konnte ich deutlich erkennen. Einen von ihnen habe ich neulich im Hafen wieder gesehen, als ich mit meiner Tante auf dem Markt war.«

Die Beamten sahen Anne ungeduldig an, denn sie wussten nicht, worauf sie hinauswollte.

Anne machte eine Pause, bevor sie den entscheidenden Hinweis gab. »Hören Sie, dieser Mann, ein sehr dünner mit einem Ring im Ohr und einer Narbe am Kinn, der hatte genauso schwarzes Zeug an seinen Lederstiefeln, wie wir es auf der Insel gefunden haben. Altöl, wie wir jetzt wissen.«

Der Grauhaarige holte tief Luft. »Also gut, das passt alles zusammen und klingt überzeugend, wenn es auch keine echten Beweise sind.«

»Die Beweise werden Sie an Bord der *Seeschwalbe* finden«, rief Georg. »Da bin ich ganz sicher.«

Die Beamten erhoben sich und hielten kurz Rücksprache mit ihren beiden Kollegen. »In Ordnung«, sagte der blonde Beamte schließlich. »Ihr vier fahrt jetzt am besten mit meinem Kollegen und mir hinüber zur Insel und zeigt uns, wo ihr die Fässer gefunden habt.«

»Ich fordere in der Zwischenzeit unser Schnellboot an und mache mich mit den Kollegen auf die Suche nach der *Seeschwalbe*«, erklärte der ältere Beamte. »Ich werde meinen Kollegen hier über Funk informieren. Euch möchte ich dann später im Büro der Küstenwache am Hafen treffen. Eventuell brauche ich euch für eine Gegenüberstellung.«

Georg und die Jungen warfen sich erfreute Blicke

zu. Eine Gegenüberstellung, das klang spannend! Nur Anne war der Gedanke, mit den Verbrechern konfrontiert zu werden, alles andere als angenehm.

»Tim, du kommst mit mir«, entschied Onkel Quentin, als sich die Kinder mit den Männern von der Küstenwache auf den Weg zum Anlegesteg machten. »Du kannst nicht mit in das Boot.«

»Tim muss mit!«, rief Georg. »Sonst fahre ich auch nicht.«

Der Blonde lachte. »Lassen Sie nur, der Hund kann ruhig mitkommen.«

Georg warf dem Mann einen dankbaren Blick zu und winkte ihrem Vater zum Abschied. Er wollte später im Büro der Küstenwache wieder zu ihnen stoßen.

Anne hockte sich mit Tim in den Bug des Motorbootes. Der Fahrtwind wehte ihnen heftig um die Nase. Kein Vergleich zu ihrem Ruderboot war das!

Anne schloss die Augen und dachte: Jetzt bin ich die Galionsfigur. Anne von der Felsenbucht!

Das Motorboot machte ordentlich Fahrt und so hatten sie die Felseninsel im Nu erreicht. Georg zeigte den Beamten, wo sie in der kleinen Bucht anlegen konnten. Die Männer sprangen hinaus und hatten Mühe, das schwere Boot auf den Strand zu ziehen.

Zu ihrem Vergnügen stellten die Freunde fest, dass die Männer tüchtig ins Schnaufen kamen bei dem Versuch, den Kindern zu folgen. Wieselflink eilten die vier mit Tim den steilen Pfad entlang und stiegen dann die Felsentreppe zur Burgruine hinab. Die Kinder wussten genau, wohin sie die Füße setzen mussten!

»Dort«, sagte Georg schließlich und zeigte zum Eingang des Kellerverlieses. »Da geht es hinein und hier drüben sind schon jede Menge Ölflecke.«

Julius als Ältester erklärte sich bereit, die Beamten der Küstenwache in das Verlies zu begleiten, um ihnen den Raum zu zeigen.

Wieder wurde Tim unruhig, als Julius mit den Männern durch die Tür verschwand. Hatten sie denn immer noch nicht verstanden, dass dort Gefahr drohte?

Georg merkte, wie ihr Hund anfing zu zittern, und redete beruhigend auf ihn ein. »Ist schon gut, Timmi, Julius weiß, was er tut.«

Die Männer machten besorgte Gesichter, als sie bald darauf wieder ins Sonnenlicht traten. Der

Blonde nahm die Dienstmütze ab und kratzte sich am Kopf. »Das ist in der Tat eine üble Sache. Wir werden jetzt das Gebiet erst einmal absperren, dann muss sich so schnell wie möglich eine Spezialfirma darum kümmern und das Altöl einer sicheren Entsorgung zuführen.«

»Das wird nicht so einfach«, ergänzte sein Kollege. »Wie ihr schon richtig festgestellt habt, sind einige der Fässer leck geschlagen.« Als er Georgs besorgte Miene sah, beruhigte er sie. »Mach dir keine Sorgen, Junge, wir kriegen das in den Griff.«

Sie seufzte. »Jetzt ist es erst mal vorbei mit der Ruhe auf unserer geliebten Felseninsel.«

Richard zuckte die Schultern. »An unserem Baumhaus können wir auch nicht weiterbauen.«

Anne legte beiden die Hand auf die Schulter. »Seid doch froh, dass alles ein gutes Ende nimmt.«

Julius nickte. »Hast Recht, Anne.«

Ein wenig wehmütig beobachteten die Kinder, wie die Männer der Küstenwache das Gelände mit weißrotem Flatterband absperrten.

In diesem Moment knirschte und knisterte es im Funkgerät. Der blonde Beamte meldete sich und hörte dann eine Weile konzentriert zu.

»Okay!«, sagte er schließlich. »Ihr vier – Verzeihung: fünf – fahrt jetzt mit mir rüber zum Büro. Mein Kollege bleibt hier. Ich schicke ihm Verstärkung. Die gesamte Insel muss abgesucht werden. Vielleicht haben die Männer irgendwo noch mehr Fässer abgestellt.«

»Haben Sie die *Seeschwalbe* erwischt?«, fragte Richard neugierig.

Der Beamte nickte. »Allerdings hat es an Bord wohl einen Zwischenfall gegeben. Mein Kollege sprach von einer Schlägerei. Na ja, schauen wir mal, was sie uns zu sagen haben.«

Wenig später saßen sie wieder im Motorboot und steuerten auf den kleinen Hafen zu. Traurig wandte Georg den Blick zurück. Wann wohl wieder Ruhe und Normalität auf ihrer geliebten Insel einkehren würden?

Im Büro der Hafenpolizei, wo auch Georgs Vater inzwischen eingetroffen war, gaben die Freunde noch einmal alles genau zu Protokoll. Obwohl sie ihre Geschichte zum wiederholten Male erzählten, mussten sie sich zusammenreißen, um nicht Details zu verraten, mit denen sie sich selbst in Schwierigkeiten brachten. Aber alles lief gut.

Als draußen plötzlich ein lautes Rumpeln zu hören war, sprangen alle auf und stürzten vor die Tür. Dort sahen sie einen jämmerlichen Haufen in Handschellen gelegter Seeleute. Die Männer beschimpften sich gegenseitig.

Der grauhaarige Beamte und seine Kollegen standen dabei und schüttelten die Köpfe. »So geht das schon die ganze Zeit! Als wir die *Seeschwalbe* erreichten, war der Streit um Geld schon in vollem Gange. Sie haben gar nicht erst versucht, sich rauszureden, sondern beschuldigen sich gegenseitig.«

Julius suchte mit dem Blick den Hafen ab. Das Schnellboot der Küstenwache entdeckte er sofort. Aber wo war die *Seeschwalbe*?

»Unsere Kollegen bringen das Schiff in den nächsten großen Hafen«, erklärte der Grauhaarige. »Wir haben an Bord übrigens Spuren von Altöl gefunden. Aber das Schiff wird im Hafen zunächst genau untersucht und dann muss es wohl verkauft werden.« Mit einem breiten Grinsen fügte er hinzu: »Schließlich müssen die Herren für den Schaden aufkommen, den sie angerichtet haben. So wie ich den Streit hier deute, haben sie das Geld, das sie für die ordnungsgemäße Entsorgung des Sondermülls bekommen haben, längst verprasst.«

Georg riss die Augen auf. »Sie meinen, die Männer haben für die Entsorgung des Altöls viel Geld kassiert und wollten die Fässer einfach auf unserer Insel loswerden, um sich das Geld in die eigene Tasche zu stecken?«

»Pah!«, rief plötzlich der bärtige Mann, der den Freunden bereits an Deck der *Seeschwalbe* aufgefallen war, und spuckte aus. »Von wegen verprasst. Henry ist mit der ganzen Kohle auf und davon.«

Jetzt erst fiel den Freunden auf, dass einer der Männer fehlte.

»Der dünne Mann!«, rief Georg. »Der dünne Mann mit dem Ohrring und der Narbe ist nicht dabei!«

Doch da legte ihr Onkel Quentin bereits den Arm um die Schulter und zog sie weiter. »Das ist jetzt nicht mehr eure Angelegenheit«, sagte er. »Die Polizei kümmert sich darum. Komm jetzt. Mutter wartet schon mit frischen Scones auf euch. Ich habe sie zwar angerufen und ihr erklärt, was los ist, aber wenn wir noch länger wegbleiben, macht sie sich sicher Sorgen.«

Der ältere Beamte nickte den Kindern freundlich zu. »Seid unbesorgt. Die Männer kommen jetzt erst einmal in Arrest und eure Ferieninsel kriegt ihr bald wieder. Wir melden uns, sobald wir sie wieder freigeben können.«

Widerstrebend gingen die Freunde zum Auto.

Plötzlich blieb Richard wie angewurzelt stehen. »Nanu! Seht euch das an!«

»Das gibt's doch nicht«, flüsterte Georg. »Das Beiboot der *Seeschwalbe*! Wenn sich damit mal nicht der gute Henry aus dem Staub gemacht hat.«

»Was ist denn los?«, fragte der Vater ungeduldig. Er war schon ein Stück vorgegangen und konnte es nicht leiden, wenn man ihn warten ließ.

»Nichts«, rief Georg. »Wir kommen.«

»Wir können doch jetzt nicht anfangen, nach diesem Gauner zu suchen«, zischte Anne. »Dein Vater wird fuchsteufelswild.«

»Anne hat Recht«, sagte Julius. »Wir können jetzt nichts machen. Die Polizei wird sich schon darum kümmern.«

Wütend stampfte Georg mit dem Fuß auf. »Was ist denn mit euch los? Wo ist denn eure Abenteuerlust geblieben?«

Anne warf ihrem Onkel aus dem Augenwinkel einen besorgten Blick zu. »Georg, dein Vater wartet auf uns. Du solltest es nicht auf die Spitze treiben.«

Widerstrebend ließ sich Georg zum Auto ziehen. Und weil Tim in den Fond des Wagens sprang und sie schwanzwedelnd aufforderte, ihm zu folgen, ließ sie sich schmollend auf dem Rücksitz nieder. Der Wagen fuhr los.

Richard rieb sich die Hände. »Also, wenn ihr mich fragt, ich freu mich auf die Scones.«

Anne verdrehte die Augen. »Dass du immerzu nur ans Essen denkst!«

Plötzlich machte Onkel Quentin eine Vollbremsung. Alle wurden in ihren Sitzen nach vorn geworfen.

»So ein blödes Vieh!«, schimpfte er. »Und so fett noch dazu.«

Die Kinder sahen, wie eine graue Katze über die Straße sprang.

»Das ist die Katze vom Schiff!«, rief Anne aufgeregt. »Ganz sicher. Das ist sie.«

»Dann ist dieser Henry garantiert auch nicht weit«, stellte Georg fest.

»Die Katze kam dort aus der Einfahrt geflitzt«,

rief Julius aufgeregt. »Das ist die Zufahrt zum *Hotel Lindenhof*. Leute, denkt ihr auch, was ich denke?«

»So blöd kann keiner sein«, erwiderte Richard.

Julius legte seinem Onkel, der gerade weiterfahren wollte, die Hand auf den Arm. »Bitte, Onkel Quentin, warte einen kleinen Moment, ja?«

Und schon sprangen die fünf aus dem Auto und huschten geduckt zum Eingang des Hotels, wo sie in Deckung gingen. Tatsächlich, an der Rezeption stand kein anderer als der dünne Mann vom Schiff und bezahlte brav seine Rechnung.

Julius schlug sich mit der Faust in die flache Hand. »Hab ich's doch gewusst«, flüsterte er. »Geld verführt. Der Kerl hatte nichts Besseres zu tun, als sich von dem geklauten Geld zuallererst ein teures Hotelzimmer zu leisten.«

Anne zuckte die Schultern. »Vielleicht zum allerersten Mal in seinem Leben.«

»Dem werden wir das Süppchen ordentlich versalzen«, sagte Georg.

Die Freunde machten sich bereit, und als der Mann aus dem Eingang trat, streckte Georg ein Bein vor, sodass der Mann der Länge nach hinfiel. Sofort waren Richard und Julius über ihm und drehten ihm die Arme auf den Rücken. Auch Tim wollte seinen Beitrag leisten und biss sich im Hosenbein fest.

»Au, au«, wimmerte der Mann. »Loslassen!«

Georg baute sich vor ihm auf und stemmte sich die Fäuste in die Seite. »Das könnte Ihnen so passen! Erst aus reiner Habgier unsere schöne Insel verseuchen und dann um Gnade flehen!«

Jetzt kam auch ihr Vater angeeilt und der Portier des Hotels stürzte ins Freie. »Kinder, was macht ihr denn da? Oh, oh, unser Gast!«

»Feiner Gast, den Sie da haben«, erklärte Georg. »Bitte rufen Sie sofort die Küstenwache an. Die sollen einen Wagen schicken. Sagen Sie, wir hätten Henry gestellt.«

Der Portier blickte Georgs Vater fragend an, und der bestätigte: »Henry gestellt. Bitte telefonieren Sie.«

Dann half Onkel Quentin den Jungen, den Mann auf die Beine zu ziehen. »Kinder, Kinder, was ihr immer alles anstellt.«

»Toll! Nicht wahr, Vater?«, rief Georg stolz.

Anne zeigte auf den Gefangenen, der nun wie ein begossener Pudel dastand. »Dann wissen wir ja jetzt, wer den Schaden zahlt.«

Onkel Quentin lachte. »Das wird wohl nicht reichen. Die ganze Sache wird jetzt noch viel teurer, weil man die Fässer bergen und das verseuchte Erdreich abtragen muss. Das Schiff werden sie auf jeden Fall verkaufen müssen.«

In diesem Moment hörten sie, wie der Wagen der Küstenwache die Einfahrt heraufkam.

Viel später am Abend stand Georg im Dunkeln wieder vor dem Fenster. Sie ließ die Ereignisse des Tages noch einmal an sich vorbeiziehen und schaute voller Sehnsucht nach ihrer Felseninsel.

»Ob es wohl lange dauern wird, bis wir wieder dürfen?«, flüsterte Anne, die sich bereits in die Decke gekuschelt hatte.

Georg zuckte die Schultern. »Sie haben ja gesagt, dass sie uns bald Bescheid geben. Hoffentlich finden sie nicht noch mehr Fässer.«

Eine Weile schwiegen die beiden Mädchen. Schließlich fragte Anne: »Möchtest du immer noch mit einem Schiff wegfahren?«

»Ich weiß nicht«, antwortete Georg. »Vielleicht bleib ich auch hier.« Und dann lächelte sie, aber das konnte Anne in der Dunkelheit nicht sehen.

Die berühmtesten Freunde der Welt in ihrem ersten großen Kinoabenteuer!
Jetzt auch auf DVD & Blu-ray.
Enid Blyton
FÜNF FREUNDE
Jetzt auf DVD, Blu-ray und als Video on Demand!
www.fuenf-freunde.com
SAMFILM
f/5FREUNDE
Constantin Film
Enid Blyton® Fünf Freunde® Copyright © 2012 Chorion Rights Limited. All rights reserved. © SamFilm, Fotos: Bernd Spauke

Enid Blyton™

Fünf Freunde – Neue Abenteuer

Fünf Freunde ...

Band 1 cbj 03311
... erforschen die Schatzinsel

Band 2 cbj 03312
... auf neuen Abenteuern

Band 3 cbj 03313
... auf geheimnisvollen Spuren

Band 4 cbj 03314
... auf Schmuggeljagd

Band 5 cbj 03315
... beim Wanderzirkus

Band 6 cbj 03316
... auf der Felseninsel

Band 7 cbj 03317
... im Zeltlager

Band 8 cbj 03318
... geraten in Schwierigkeiten

Band 9 cbj 03319
... helfen ihren Kameraden

Band 10 cbj 03320
... auf großer Fahrt

Band 11 cbj 03321
... als Retter in der Not

Band 12 cbj 03322
... im alten Turm

Band 13 cbj 03323
... jagen den Entführer

Band 14 cbj 03324
... verfolgen die Strandräuber

Band 15 cbj 03325
... wittern ein Geheimnis

Band 16 cbj 03326
... auf dem Leuchtturm

Band 17 cbj 03327
... im Nebel

Band 18 cbj 03328
... und das Burgverlies

Band 19 cbj 03329
... und die wilde Jo

Band 20 cbj 03330
... und der Zauberer Wu

Band 21 cbj 03331
... machen eine Entdeckung

Band 22 cbj 12411
... meistern jede Gefahr

Band 23 cbj 12541
... und das Höhlengeheimnis

Band 24 cbj 12542
... und die Juwelendiebe

Band 25 cbj 12543
... und die geheimnisvolle Formel

Band 26 cbj 12544
... und die Entführung

Band 27 cbj 12545
... und das versunkene Schiff

Band 28 cbj 12546
... und die schwarze Maske

10086

cbj

www.cbj-verlag.de